AMELIE FRIED

GEHEIME LEIDENSCHAFTEN UND ANDERE GESTÄNDNISSE

WILHELM HEYNE VERLAG
MÜNCHEN

Heyne Allgemeine Reihe
Nr. 01/13361

Umwelthinweis:
Das Buch wurde auf
chlor- und säurefreiem Papier gedruckt.

Originalausgabe 05/2001

Printed in Germany 2001
Umschlagillustration: Sigi Ahl, Bad Homburg
Umschlaggestaltung:
Hauptmann und Kampa Werbeagentur, CH-Zug
Satz: Buch-Werkstatt GmbH, Bad Aibling
Druck und Bindung: Elsnerdruck, Berlin

ISBN: 3-453-18665-6

http://www.heyne.de

Inhaltsverzeichnis

Vorwort

Ich weiß, dass es ihr sehr schwer fällt, »Nein« zu sagen. Ob sie nun gebeten wird, eine Diskussion zu moderieren oder zur Urlaubszeit die Topfpflanzen des Nachbarn zu gießen. Ich weiß, dass sie ohne Rum-Marzipan-Datteln mit Schokolade (aus einem bestimmten Geschäft in München) nicht schreiben kann, und dass sie am Dienstagabend am liebsten im TV »Ally McBeal« guckt.

Ich weiß, dass sie nie einen Mann sexy finden könnte, der Slippers mit Troddeln trägt. Oder Sandalen mit Socken. Oder Seehundfellstiefel.

Ich weiß, was für sie echter Luxus ist – nämlich nach einem stressigen Arbeitstag einfach in ein Schaumbad zu sinken und die Welt zu vergessen. Oder einen ganzen langen Sommertag draußen zu verbringen und nicht ein einziges Mal von einem Telefon gestört zu werden. Doch ich weiß auch, dass sie manchmal mit ihrem Alltagsleben hadert. Und da möchte sie dann am liebsten einfach ihre Sachen packen und abhauen. »Irgendwohin, wo mich keiner findet der fragt: ›Wo sind meine Hausschuhe?‹ Oder: ›Was gibt's zu essen?‹ Oder: ›Hast du Klopapier eingekauft?‹«

Und ich weiß auch, wie sie das Leben von berufstätigen Müttern einschätzt: »Es ist schwierig, es erfordert unsere ganze Kraft, und es klappt leider nicht reibungslos. Und erst, wenn wir das akzeptiert haben und uns nicht mehr so unter Druck setzen lassen, wird es vielleicht ein ganz kleines bisschen einfacher ...«

Woher ich das alles weiß? Aus ihren JOURNAL-Kolumnen natürlich, aus ihren »Geständnissen«.

Als wir in der Redaktion vor ein paar Jahren entschieden, es sei toll, eine Kolumne in JOURNAL FÜR DIE FRAU zu haben – aber eben nicht irgendeine von irgendeiner – da hatten wir schon ein paar Ansprüche an die Kolumnistin:

Kennen sollte man sie schon, aber sympathisch musste sie sein – bloß keine Zicke.

Normal leben sollte sie – bloß keine aus der Schicki-Micki-Gesellschaft.

Mann, Kinder, Beruf sollte sie haben, Ahnung davon, wie Frauen tatsächlich leben – bloß keine aus der abgedrehten Spaß-Gesellschaft.

Und was zu sagen sollte sie auch haben – bloß keine von den Oberflächen-Small-Talkerinnen.

Wir fanden sie – Amelie Fried –, und wir kamen sehr schnell zusammen. Übereinstimmung auf der ganzen Linie. Erst mit der Redaktion, dann mit den Leserinnen, die anriefen und schrieben: »Genauso sehe ich das auch«, oder uns erzählten, dass sie im neuen Heft zuerst nachlesen, was Amelie Fried diesmal zu sagen hat: »Weil das voll aus dem Leben ist. Die weiß, wovon sie schreibt.« Das freut uns natürlich, und das zeigt, dass wir zusammenpassen.

Eigentlich lag es auf der Hand, dass aus den JOURNAL-Kolumnen, aus den Geständnissen und Leidenschaften, ein Buch entstehen würde.

Entlarvend, wie Amelie Fried da ihre Erschütterung schildert, als sie erfährt, dass sich die Freundin die Steilfalte über der Stirn mit Nervengift hat unterspritzen lassen und ein paar Zeilen weiter darüber nachdenkt, dass sie ja auch immer unter ihren kräftigen Oberschenkeln gelitten hat. »Wenn du möchtest, gebe ich dir ein paar Adressen von Schönheitschirurgen«, sagt die Freundin …

Köstlich, wie sie schildert, dass die Jagd nach Schnäppchen tief verschüttete archaische Instinkte der Vorratshaltung und Vorsorge in ihr weckt und sie deshalb so auf reduzierte Badehandtücher aus ägyptischer Baumwolle und Edelstahltöpfe abfährt. Und wie sie hart auf Schnäppchenkurs bleibt, obwohl sich Widerstand in der Familie regt.

Erfrischend, wie sie die Männer von heute beschreibt: »Sie sind noch ziemlich genau wie ihre Vorfahren in den Wäldern, nur dass sie zur Tarnung Boss-Anzüge tragen und statt Keulen Golfschläger schwingen. Aber es zeigt sich mehr und mehr, dass ihre Fähigkeiten den heutigen Erfordernissen nicht mehr entsprechen, auch wenn sie mühsam versuchen, das zu kaschieren …« Und dann ihr versöhnliches Fazit: »Männer sind lästig, machen eine Menge Schmutz und sind – evolutionstechnisch gesehen – ein Auslaufmodell. Das Dumme ist nur: Wir lieben sie …«

Wunderbar, wie sie die Bescheidenheit als Tugend verabschiedet: »Ich habe diese Haltung immer gehasst. Wozu sind wir denn auf der Welt?

Dazu, uns immer mit dem Geringsten zufrieden zu geben? Keine Wünsche und Träume zu haben? Alles so hinzunehmen, wie es ist?« Oh, nein! Stattdessen sagt sie lieber: »Ich will alles, und zwar sofort ...«

Ich sag mal, was sie schon alles hat:

Einen Mann: Peter Probst, Drehbuchautor.

Zwei Kinder: Leonard, 9, und Paulina, 6.

Einen tollen Job: TV-Moderatorin (»3 nach 9«) und Buchautorin (»Der Mann von nebenan«) und, natürlich, JOURNAL-Kolumnistin.

Und ich denke, auch sonst noch jede Menge, das Spaß, Lebensfreude, Positives und Konstruktives in ihr Leben bringt. Weil das ihrer Einstellung entspricht – und die macht auch ihre Kolumnen so lesens- und liebenswert.

Heidi Petermann
Stellv. Chefredakteurin
JOURNAL FÜR DIE FRAU

P. S. Übrigens, alle 14 Tage gibt es aktuell eine neue Amelie-Fried-Kolumne in JOURNAL FÜR DIE FRAU.

Schämen Sie sich!

Wie? Sind Sie etwa nicht glücklich verheiratet, Mutter zweier toller Kinder, ehrenamtlich im Vorstand des Kindergartens und im Elternbeirat der Schule, aktiv in der Nachbarschaftshilfe, wöchentlich im Aerobic-Kurs, regelmäßige Leserin politischer Wochenmagazine und guter Bücher, und natürlich auch noch ganz waaaahnsinnig erfolgreich in Ihrem Beruf? Schämen Sie sich!

Das ist ja wohl das mindeste, was man heutzutage von einer Frau verlangen kann!

Schließlich gibt es genügend Managerinnen, Bestsellerautorinnen und Showstars, die uns unermüdlich vorleben, wie locker man das alles unter einen Hut kriegt. Und natürlich sehen diese Frauen auch noch fantastisch aus; gertenschlank, toll angezogen, perfekt geschminkt und frisiert sitzen sie in Talk-Shows herum und jagen uns Minderwertigkeitskomplexe ein, weil unser Leben nicht halb so glamourös ist und wir tagtäglich einen zermürbenden Kampf gegen Kindergartenöffnungszeiten, Schulfreistunden, kranke Babysitter und überfüllte Tagestätten kämpfen.

Der Spagat zwischen Familie und Beruf erfordert ziemlich viel Gelenkigkeit, und an den Nahtstellen kommt es gerne mal zu unerwünschten Überlappungen. Mit Schrecken erinnere ich mich an meinen ersten geschäftlichen Termin nach der Geburt meines Sohnes. Mühsam hatte ich mein postnatales Übergewicht und den enormen Stillbusen in ein halbwegs business-mäßiges Outfit gezwängt, das Baby nochmal schnell abgefüllt – und los!

Mein geschäftlicher Termin machte zur Begrüßung Komplimente über mein gutes Aussehen, sah dabei aber immer so komisch auf meine linke Schulter. Verunsichert drehte ich den Kopf – und erstarrte: Auf meinem Sakko prangte ein riesiger Milchfleck, den Sohnemann zum Abschied draufgerülpst hatte.

Ungern denke ich auch an den Tag, als ich meinen Sohn mangels Babysitter zu einem wichtigen Termin mitnehmen musste. Mittendrin begann er zu brüllen. An einem diskreten Ort befreite ich ihn von seiner Windel und legte sie zur Seite. Eine Sekunde der Unaufmerksamkeit – und im nächsten Moment hatte mir der Winzling mit einer gezielten Flanke die voll geschissene Pampers auf den Schoss gekickt. (Er ist übrigens heute noch ein begeisterter Fußballspieler…)

Aber auch größere Kinder haben die Begabung, unsere Pläne zu durchkreuzen. Wann werden sie am liebsten krank? Natürlich, wenn Mama ganz dringend zwei Tage dienstlich verreisen muss.

Wann erinnern sie sich daran, dass sie ihre Mama soooo furchtbar lieb haben, dass die sich gefälligst keinen Millimeter wegbewegen darf? Natürlich dann, wenn Mama ganz schnell das Haus verlassen muss. Dann gibt es Geheule und Gezeter, und Mamas ohnehin ständig vorhandenes schlechtes Gewissen wächst ins Uferlose. Wenn beim abendlichen Gute-Nacht-Telefonat dann noch ein zitterndes Stimmchen »Wann kommst du wieder heim, Mama?« schluchzt, wird Mamas Kaltblütigkeit auf eine harte Probe gestellt. Und kaltblütig müssen berufstätige Mütter manchmal sein, wenn sie in der Maschinerie aus Erwartungen, Ansprüchen, Wünschen und Sachzwängen nicht zerrieben werden wollen. (Meistens ist der Kummer bei den Sprösslingen übrigens vorbei, sobald der Hörer aufgelegt ist.)

Aber es ist und bleibt Stress. Da sitzen wir dann über einer dringenden beruflichen Aufgabe, während wir eigentlich unbedingt noch ein Geschenk für den Kindergeburtstag besorgen sollten.

Da müssen wir schnell was zu Ende schreiben, und Sohnemann kommt (ungelogen!) elfmal ins Zimmer, um sich Tesa, Schere, Kleber, die Briefwaage, die Heftmaschine und wasweißichnochalles zu leihen. Da spekuliert man auf die ruhigen Abendstunden, doch dann kriegt Töchterlein leider Bauchweh, sieht Gespenster, hat schlechte Träume oder andere Zeit raubende Beschwerden.

Da fragt man sich dann schon gelegentlich, was man eigentlich falsch macht. Nach gründlichem Nachdenken bin ich zu folgendem Resultat gekommen: Wir machen nichts falsch, außer wenn wir uns von den genannten Managerinnen, Bestsellerautorinnen und Showstars (die rund um die Uhr hoch dotierte Kinderfrauen beschäftigen) einreden lassen, es sei alles ganz einfach.

Ist es eben nicht. Ein Leben als berufstätige Mutter ist schwierig, erfordert unsere ganze Kraft und klappt leider nicht immer reibungslos. Und erst, wenn wir das akzeptiert haben und uns nicht mehr so unter Druck setzten lassen, wird es vielleicht ein ganz kleines bisschen einfacher!

Der Zauber von Anfang und Ende

Das erste Mal ist etwas ganz Besonderes. Ich meine nicht nur d a s erste Mal. Alles, was wir zum ersten Mal tun, ist aufregend. Der erste Schultag, die erste Theatervorstellung, die erste Reise, der erste Kuss – jedes Mal eröffnet sich eine neue Welt, und wir ahnen, wie aufregend das Leben noch werden kann.

Leider hält der Zauber des Anfangs nicht lange an; die meisten Dinge werden schnell zur Routine, und vieles was uns anfangs sehr gefallen hat, langweilt uns bald. Manche merken das schneller als andere; so fragte mich meine Tochter bereits am zweiten Schultag entsetzt: »Muss ich da jetzt jeden Tag hin?«

Auch die Perspektive, den Rest seines Lebens den gleichen Jungen zu küssen, erscheint nach einer Weile nicht mehr besonders verlockend, oder die Aussicht, Abend für Abend das gleiche Theaterstück anzusehen. Alles bleibt eigentlich nur aufregend, so lange es sich nicht zu häufig wiederholt. Deshalb suchen wir immer wieder nach der Aufregung des ersten Mals.

Es ist dieses unvergleichliche Gefühl, seinen

Fuß auf unberührten Sand zu setzen, oder auf Skiern durch Neuschnee zu fahren. Wir sind in diesem Augenblick die Ersten auf der Welt, spüren einen Hauch Einzigartigkeit, und sei's nur für Sekunden, weil gleich darauf das Meer unseren Fußabdruck hinweg spült oder die nächsten Skifahrer unsere Spur zerstören.

Der erste Schluck Alkohol, die erste Zigarette – mein Gott, wie verrucht kamen wir uns dabei vor! Der erste zaghafte Zug an einem Joint, der bis auf einen Hustenanfall völlig wirkungslos blieb, uns aber die Illusion gab, endgültig erwachsen geworden zu sein.

Der erste Kuss, die erste Liebesnacht, die erste Trennung, der erste Liebeskummer. Ja, es ist die Liebe, die uns alle ersten Male am intensivsten erleben lässt, die schönen und die schmerzhaften.

Und dann gibt es erste Male, von denen man wünscht, sie hätten nie stattgefunden.

Als meine Mutter – ich war gerade sechzehn geworden – mir eine Ohrfeige gab, und ich ohne Nachzudenken zurückschlug. Es war das letzte Mal, dass sie mich schlug, und das erste Mal, dass ich zurück schlug. Und wir begriffen beide, dass etwas zu Ende gegangen war.

Oder als ich am Sarg meines Vaters stand. Es war das erste Mal, dass jemand gestorben war, den ich geliebt hatte. Und ich wusste, dass es nicht das letzte Mal sein würde.

Neben den ersten Malen sind es die letzten Male, die uns faszinieren.

»Die letzte Zigarette« – keine Ahnung, wie oft ich die schon geraucht habe. Der letzte Brief, das letzte Telefonat, das letzte Zusammentreffen – bevor man sich trennte, jemand für immer ging, jemand starb. Diese letzten Male brennen sich in unser Gedächtnis, wollen wieder und wieder erinnert werden, scheinen es für einen winzigen Augenblick zu schaffen, die Vergänglichkeit zu überlisten.

Anfang und Ende sind wie Geburt und Tod, die beiden Ereignisse, die unsere Existenz bestimmen. Der erste Schrei, der letzte Seufzer. Und dazwischen ein Menschenleben voller Sehnsucht nach diesen ersten und letzten Malen, die uns herausheben aus dem Meer der Gleichförmigkeit.

Aber unser Alltag ist eben voller Routine und Wiederholungen, und eigentlich haben wir nur eine Chance: Alles so zu tun, als wäre es das erste oder das letzte Mal. Die tägliche Jogging-Runde mit allen Sinnen zu laufen, die kleinen Veränderungen des Wetters, des Lichtes und der Landschaft wahrzunehmen, zu erkennen, dass dieser Moment tatsächlich einzigartig und unwiderbringlich ist.

Oder die ewig gleichen, öden Abläufe im Job und im Haushalt – wie sehr würden wir das Schälen einer Kartoffel oder das Ausfüllen eines Formulars genießen, wenn wir wüssten, dass wir es zum letzten Mal tun, weil uns am nächsten Tag ein Blumentopf auf den Kopf fällt.

Ganz zu schweigen von unseren Beziehungen zu anderen Menschen. Es ist ein großer Fehler anzunehmen, die Anwesenheit eines anderen sei selbstverständlich. Wenn wir uns gelegentlich mal vorstellen, auch dem Anderen könnte ein Blumentopf auf den Kopf fallen, wissen wir seine Existenz vielleicht wieder mehr zu schätzen. Wie sagen noch die Indianer? »Denk immer daran, dass der Tod über deine linke Schulter schaut.«

Bescheidenheit ist keine Zier

Zu den wichtigsten Tugenden, die man uns in der Kindheit eingetrichtert hat, gehört die Bescheidenheit. Das begann beim Sonntagskuchen, von dem man nicht das größte Stück verlangen durfte. An Geburtstagen und an Weihnachten musste man sich gefälligst über alle Geschenke gleich freuen, auch wenn's nur Omas grässlich-kratzige, selbst gestrickte Socken waren. Und wehe, man hatte mal was echt Tolles geschenkt gekriegt, dann durfte man es den Nachbarskindern nicht vorführen, sonst hieß es gleich, man sei ein Angeber.

Auch heute wird Bescheidenheit in einschlägigen Umfragen noch immer als wichtige Tugend gepriesen. Vornehme Zurückhaltung ist gefragt, nicht vorlautes Auftrumpfen. Bloß nicht zu viel vom Leben erwarten, dann wird man auch nicht enttäuscht.

Ich habe diese Haltung immer gehasst. Wozu sind wir denn auf der Welt? Dazu, uns immer mit dem Geringsten zufrieden zu geben? Keine Wünsche und Träume zu haben? Alles so hinzunehmen, wie es ist?

Was aus solchen Menschen wird, kann man überall sehen. Das sind die verhärmten Frauen, die in unglücklichen Ehen verharren, weil man ihnen eingeredet hat, sie müssten froh sein, dass sich überhaupt einer erbarmt hat. Das sind die Männer in ungeliebten Jobs, die sich nie getraut haben, ihre beruflichen Träume zu verwirklichen, weil man ihnen nicht genug Selbstbewusstsein mitgegeben hat. Das sind letzten Endes alle Menschen, die unter ihren Möglichkeiten leben, weil man ihnen frühzeitig klar gemacht hat, dass sie kein Recht auf Glück haben.

»The pursuit of happiness«, das Streben nach Glück, ist als Grundrecht in der amerikanischen Verfassung verankert. Das hat zwar nicht dazu geführt, dass alle Amerikaner glücklich sind. Aber wenigstens dazu, dass der Wunsch danach nicht als unanständig empfunden wird. So werden Leute, die es im »Land der unbegrenzten Möglichkeiten« zu was gebracht haben, mit Respekt und Bewunderung betrachtet, während hier zu Lande Neid die häufigste Form der Anerkennung ist.

Bescheidenheit wird immer von denen gepredigt, die sie nicht nötig haben.

Von den Eltern, die so viel Sonntagskuchen essen dürfen wie sie wollen. Von den Arbeitgebern, die höhere Gewinne machen wollen. Von den Politikern, die sich ständig selbst die Bezüge erhöhen. Die Aufforderung zur Bescheidenheit ist nicht mehr als der gut getarnte Versuch, die eigenen Besitzstände zu wahren.

Ich finde, wir müssten alle viel unbescheidener sein. Dabei meine ich nicht nur höhere Gehaltsforderungen, den Ruf nach mehr Gleichberechtigung oder materieller Gerechtigkeit. Wir sollten zum Beispiel ganz unbescheiden verlangen, von unseren Mitmenschen anständig behandelt zu werden. Wir sollten ganz unbescheiden versuchen, unsere Träume in die Wirklichkeit umzusetzen. Wir sollten ganz unbescheiden versuchen, diesem einen Leben, das wir haben, ein Maximum an Glück abzutrotzen.

Man muss viel fordern, um wenigstens einen Teil davon zu kriegen. Wer also bescheiden ist und wenig fordert, kann sicher sein, noch weniger zu kriegen. Sobald man sich zufrieden gibt, setzt Stillstand ein, und bald darauf Rückschritt.

Bescheidenheit gilt übrigens als weibliche Eigenschaft. Soll heißen, die Männer hätten es gerne, wenn wir nicht so anspruchsvoll und fordernd wären, weil das bequemer für sie ist. Zum Beispiel, wenns um die Arbeitsteilung in der Familie geht. Oder um den Anspruch an die Beziehung. Oder um die Möglichkeit, Kinder und Karriere zu verbinden. Das ist alles mit Anstrengung für die Männer verbunden, und damit, auf eigene Bequemlichkeiten zu verzichten. Und welcher Mann steht da schon drauf?

Wir alle sollten mal überlegen, wo wir uns zu sehr zurücknehmen, wo wir zu bescheiden sind. Und ganz schnell damit aufhören. Für den Anfang hilft als Motto vielleicht der schöne Spontispruch: »Ich will alles, und das sofort.« Dann kriegen wir am Ende vielleicht ein bisschen, und das irgendwann.

Wie heisst es so schön: »Bescheidenheit ist eine Zier, doch weiter kommt man ohne ihr«.

Das hat sich bestimmt ein Mann ausgedacht.

Geheime Leidenschaften

Meine beste Freundin ist Schuhsammlerin. Ich hab mal ein paar Tage bei ihr gewohnt und heimlich ihre Schuhe gezählt: 62 Paar waren es. Sie verwahrt sie in einer Kammer, wo sie glänzend geputzt, mit Spannern versehen, nach Farben geordnet, in Reih und Glied aufgereiht auf ihren Einsatz warten.

Rein rechnerisch trägt meine beste Freundin jedes Paar Schuhe nur sechs Tage pro Jahr; deshalb sehen sie auch fast alle aus wie neu. Aber natürlich trägt sie die praktischen Slipper öfter als die hochhackigen Slingpumps, die bequemen Turnschuhe lieber als die eleganten Spangenschuhe; und so sind manche Schuhe doch ein bisschen abgenutzter als andere.

»Wofür brauchst du bloß so viele Schuhe?«, will ich von ihr wissen.

»Kommt eben auf meine Stimmung an«, sagt sie. »Außerdem kann ich Schuhe einfach nicht wegwerfen.«

Wenn sie für jede Stimmung ein paar Schuhe hat, verfügt sie also über 62 verschiedene Stimmungen. Was für eine differenzierte Persönlichkeit! Ich schäme mich fast ein bisschen mit meinen lächerlichen 12 Paar Schuhen (Sommer und Winter!).

Aber mit leichter Besorgnis sehe ich auch das Anwachsen des Schuhberges in der Wohnung meiner Freundin. Bei meinem letzten Besuch zeigte sie mir vier Paar neue Schuhe. Wenn das so weitergeht, wird sie bald ihr Schlafzimmer räumen müssen. Irgendwann wird die Schuhlawine das Wohnzimmer erreicht haben, die Küche, das Badezimmer, selbst der Balkon wird überschwemmt sein mit Schuhen.

Eine andere Freundin von mir hat diesen Parfüm-Tick. Hunderte von Flakons, Fläschchen und Zerstäubern zieren das Regal in ihrem Badezimmer. Grauenhafte Vorstellung, das Ding stürzt mal um, die Fläschchen zerbrechen, und ihr Inhalt mischt sich zu einer betäubenden Kakophonie aus Düften.

»Verwendest du jeden Tag einen andern Duft?«, frage ich, »je nach Stimmung?«

»Nein, eigentlich nehme ich seit Jahren das gleiche Parfüm«, antwortet sie zu meiner Überraschung.

»Aber warum sammelst du dann all die Düfte?«

»Falls ich doch mal Lust auf einen anderen bekomme.«

Ich selbst bin glücklicherweise frei von derart irrationalen Trieben. Außer, man rechnet meine kleine Sammlung von Verpackungsmaterialien dazu, aber das ist nun wirklich was anderes. Ich hebe einfach nur all die Schachteln, Kartons, Hüllen, Umschläge und sonstigen Behältnisse auf, die so ins Haus geraten. Schachteln kann man immer brauchen. Sei es, dass man ein Päckchen an sein Patenkind verschicken muss. Sei es, dass man einen weiteren Versuch unternimmt, Ordnung in die Kinderzimmer zu kriegen. Wohin mit den Steuerbelegen? In eine Schachtel natürlich. Geschenkbänder, Tesafilm, Anhänger? Ab in die Schachtel mit der Aufschrift »Geschenkbänder, Tesafilm, Anhänger«. Die Urlaubsfotos der letzten vier Jahre? Liegen in einer Schachtel und warten darauf, endlich eingeklebt zu werden.

Mein Mann lacht mich immer aus. Und, was macht er, wenn er was verschicken will? Er kommt zu mir und fragt, ob ich nicht eine Schachtel für ihn hätte, so eine flache, rechteckige, wo zwei Videokassetten reinpassen. Sag' ich doch: Schachteln kann man immer brauchen. Deshalb freue ich mich auch auf Weihnachten:

Da kommen wieder jede Menge Schachteln ins Haus.

Pessimist müsste man sein

Kann mir mal ein Mensch erklären, warum ein Koffer bei der Hinreise problemlos zugeht, bei der Rückreise aber aus allen Nähten platzt, obwohl wir nicht ein einziges Stück eingekauft haben? Und warum kommt immer nur eine Socke aus der Waschmaschine, obwohl wir hundertprozentig zwei hineingetan haben?

Ganz zu schweigen von der Frage, warum immer dann kein Klopapier da ist, wenn *wir* das Örtchen aufgesucht haben; und warum diese eine, verdammte Ampel *immer*, aber auch *immer* ausgerechnet dann auf Rot springt, wenn *wir* uns ihr nähern.

Hat schon mal jemand untersucht, warum unser Haarschnitt, der wochenlang super gesessen hat, genau an dem Tag plötzlich herausgewachsen ist, an dem wir zu dieser Filmparty eingeladen sind, auf der auch Richard Gere erwartet wird? (Okay, er ist dann nicht gekommen, aber das ist ja auch wieder typisch!)

Oder wie es kommt, dass man nie das passende Kleingeld für die Parkuhr, den Einkaufswagen, das Schließfach oder das Münztelefon einstecken hat, und erst demütigende Bittgänge zu benachbarten Einzelhändlern unternehmen muss, die ihre Kassen angeblich nicht öffnen können, ohne dass irgendwas gekauft wird? (So kommt man unverhofft in den Besitz von Regenschirmen, Herrensocken oder Pralinen, für die man absolut keine Verwendung hat, deren Preis aber die Kosten des Parkens um ein Vielfaches überschreiten.)

Immer schon hat mich auch die Frage beschäftigt, warum ausgerechnet die Schlange sich am langsamsten bewegt, in der ich stehe. Auch mit dem schnellen Wechseln der Schlange gelingt es nicht, diesen Mechanismus auszutricksen. Kaum stehe ich in der anderen Reihe, kommt diese zum Stillstand, während die erste sich plötzlich zügig vorwärts bewegt.

Je länger ich über all diese Ärgernisse nachdenke, desto mehr fallen mir ein: Warum ist zum Beispiel das Heizöl immer dann alle, wenn der Kälteeinbruch kommt? Warum geht das Auto an dem Tag kaputt, an dem ich den wichtigsten Termin meines Lebens habe? Warum finde ich nie einen Parkplatz vor dem Getränkemarkt? Und warum kocht die Milch jedes Mal über, auch wenn ich wie angewurzelt vor dem Herd stehe und den Topf nicht aus den Augen lasse? (Ich habe festgestellt, dass schon ein sekundenkurzes Blinzeln ausreicht, um die Milch hochschäumen zu lassen. Aber versuchen Sie mal, den Topf anzustarren, ohne zu blinzeln!)

Warum finden alle unsere Gartenfeste wegen unvorhersehbarer Regenfälle im Haus statt? Warum lösen sich abgerissene Knöpfe regelmäßig in

Luft auf? Und warum gibt's im Schlussverkauf nie Schuhe in Größe 38?

Meine beste Freundin sagt, es handele sich um »das Gesetz der größten Schweinerei«. Anders ausgedrückt: »Alles, was schief gehen kann, geht schief«. Wenn man sich mit diesem Gedanken mal angefreundet hat, sieht man die Welt plötzlich mit anderen Augen. Dann rechnet man gleich mit dem Schlimmsten, und ist auch noch zufrieden, wenn es eintritt. »Ich hab's ja gleich gesagt«, nickt man und freut sich, dass man Recht behalten hat.

Wenn dann ausnahmsweise doch mal was klappt, ist es umso schöner. Ein Parkplatz vor dem Getränkemarkt? Super! Kein Regen trotz schlechten Wetterberichtes? Juchhuuu! Der todschicke Badeanzug zum Sonderpreis in unserer Größe? Das Leben ist schön!

Die entscheidende Frage ist doch, was wir erwarten. Ist ein Glas halb voll? Oder ist es halb leer? Optimismus gilt gemeinhin als Tugend, aber wer nicht ständig das Gute erwartet, wird seltener enttäuscht. Ein gesunder Zweckpessimismus garantiert angenehme Überraschungen, denn oft kommt's ja doch nicht so hart, wie wir befürchten.

Und wenn doch, bleibt uns immer noch das Vergnügen, ausgiebig über unser schreckliches Schicksal zu klagen. Auch wenn es völlig sinnlos ist, über Pleiten, Pech und Pannen zu lamentieren – wir tun es trotzdem. Wir schimpfen übers schlechte Wetter, über die unfähigen Politiker, über die zu hohen Preise, über unser Leben im Allgemeinen und unser persönliches Pech im Besonderen. Das »Gesetz der größten Schweinerei« sorgt ja zum Glück dafür, dass uns der Stoff zum Jammern nie ausgeht. Und wer zwischendurch mal ordentlich Dampf abgelassen hat, kann sich danach entspannt den Widrigkeiten des Alltags zuwenden.

Das Auto zur Reperatur bringen. Heizöl nachbestellen. Oder sich auf die Suche nach der verdammten zweiten Socke machen.

Therapeutische Mülltrennung

Irgendwie hängt doch alles mit allem zusammen. Die Geburtenzahl mit dem Fernsehprogramm, das Essen mit der Moral, die Bestechlichkeit mit der Macht, der Kaffeepreis mit der Politik. Manchmal muss man nur ein bisschen genauer hinsehen, dann erkennt man sogar Zusammenhänge, auf die vorher noch niemand gekommen ist.

Zum Beispiel habe ich jetzt endlich verstanden, warum wir in unserem bayerischen Dorf 10 (in Worten: zehn!) verschiedene Müllsorten erkennen und trennen müssen. Ich sammle in einer eigens dafür eingerichteten Müllkammer Glas, Papier, Pappe, Plastikfolien, Becher und Blister, Hartplastik, Aluminium, Blech, Kompost und Restmüll. Viele Stunden verbringe ich mit dem Abwaschen von Joghurtbechern, Konservendosen und Einwickelfolien, um lästige Geruchsentwicklung bis zum nächsten Öffnungstag des Wertstoffhofes zu vermeiden. »Wertstoffhof«! Wie das klingt! Nach »staatsbürgerlicher Verantwortung«, nach »nützlichem Mitglied der Gesellschaft«, nach »Allgemeinwohl vor Eigenwohl«.

Trennen ist wertvoll, Abfälle sind Wertstoffe, und meine Kinder schreien bereits empört auf, wenn ich ein winziges Kaugummipapierchen in den Mülleimer schmeiße, statt aus der Küche über den Flur in die Müllkammer zu gehen, es dort in die Tüte für »Alu« zu werfen, und aus der Kammer über den Flur wieder in die Küche zurückzugehen. Das samstägliche Entsorgungsritual auf dem Wertstoffhof gleicht der Zusammenkunft von Gläubigen; beseelt vom Bewusstsein, Gutmensch unter Gutmenschen zu sein, erfreut man sich am Zerschellen der Flaschen, am fröhlichen Scheppern der Blechbüchsen, am Anwachsen glitzernder Aluhügel und Folienberge.

Gelegentlich schleichen Müllkontrolleure durch unser Dorf und inspizieren den Inhalt der Restmülltonnen. Wehe, es finden sich dort noch recyclebare Abfälle! Dann droht nicht nur die Ächtung durch die Nachbarn, in schlimmeren Fällen der Ausschluss aus der Dorfgemeinschaft, sondern obendrein eine saftige Geldbuße. Auf ketzerische Kommentare, irgendwo werde der ganze Müll sowieso wieder zusammengeworfen und verbrannt, steht mehr oder weniger die Todesstrafe.

Können Sie sich vorstellen, mit welcher heimlichen Lust ich im Spanien- oder Italienurlaub allen Abfall in ein und dieselbe Tonne stopfe? Wie ich mit dem Gefühl, etwas aufregend Verbotenes zu tun, Apfelschalen, Plastikflaschen, Nudelreste und alte Zeitungen zu einer wundervollen, politisch unkorrekten Pampe zusammenmansche, und an das Wort »Mülltrennung« nicht mal denke? Ich gebe es zu, ich genieße diesen Frevel aus ganzer Seele. Schwierig ist es nur, meinen Kindern zu erklären, warum wir zu Hause so ein Bohai um den Müll machen, während wir ihn im Urlaub ungetrennt wegschmeißen. Nach dem Urlaub haben wir immer gewisse Umgewöhnungsschwierigkeiten, aber bald trennen wir wieder zähneknirschend Papier, Pappe, Glas, Plastikfolien, Hartplastik, Becher und Blister...

Sie denken sicher, das alles hätte was mit Umweltschutz zu tun. Mit Müllvermeidung, weniger Schadstoffen in der Luft und im Abwasser, auf dass unsere Welt schöner und gesünder werde. Von wegen. Haben Sie eine Ahnung.

Die Wahrheit ist eine völlig andere. Zwei Zeitungsschlagzeilen haben mich darauf gebracht. Die eine lautete: »Jeder zweite Bürger leidet an Depressionen.« Die andere: »Bayern ohne CSU? Im neuen Jahrtausend Regierungswechsel für möglich gehalten«.

Na, dämmert Ihnen was? Nein?

Sehen Sie, die Sache ist doch glasklar. Wenn jeder zweite Bayer eine Depression hat, und die andere Hälfte, also jeder zweite Zweite plötzlich nicht mehr CSU wählen würde – ja, wo kämen wir denn da hin? Genau: In die rot-grüne Depression. Also dahin, wo wir bundesweit gesehen schon sind. Und das in Bayern! Na, das wäre ja noch schöner. Was der Rest der Republik hat, das wollten die Bayern noch nie. Also haben sie vorausschauend die bayerische Müllverordnung erfunden. Wer im Schweiße seines Angesichtes Plastik von Blistern trennt, und gebrauchte Postversandtaschen in ihre Papier- und Kunststoffbestandteile zerlegt, um sie verordnungsgerecht entsorgen zu können – der hat wahrhaftig keine Zeit, in Depression zu verfallen oder die Revolution zu planen. Wie ich schon sagte: Irgendwie hängt alles mit allem zusammen…

Wir sind schön

»Morgens, gleich nach dem Aufstehen, sehe ich auch nicht aus wie Cindy Crawford.«

Wer das gesagt hat? Cindy Crawford persönlich. Soll heissen: Auch sie denkt, was alle Frauen auf der Welt von sich denken: Dass sie eigentlich nicht gut aussehen. Dass sie erst eine Menge Make-up, tolle Kleider und einen Frisörbesuch bräuchten, um nach was auszusehen. Und manche sehen dann tatsächlich aus wie Cindy Crawford. Cindy Crawford zum Bespiel. Die anderen drei Milliarden Frauen auf der Welt sehen nicht so aus. Und für die meisten ist das ein Problem.

Erstaunlich daran ist, dass auch die allerschönsten Frauen, die, vor denen man sich niederknien möchte, weil man sie so toll findet, unzufrieden mit sich sind. Neulich zum Beispiel lag ich im Schwimmbad neben einer Frau, die fantastische Beine hat. Lang, schlank, mit einer wunderbar glatten, leicht gebräunten Haut – ich platzte fast vor Neid. Sorgfältig versteckte ich meine Beine unter einem Handtuch, denn leider sind sie längst nicht so lang, schlank und glatt. Natürlich kamen wir schnell zum Lieblingsthema aller Frauen: Zellulitis. Und da setzte sich diese Frau doch tatsächlich auf, kniff in ihre wunderbar glatten Oberschenkel und jammerte: Schau nur, was ich für eine Zellulitis habe!

Immer habe ich Frauen beneidet, die dickes, lockiges Haar haben. Selbst mit blondem Fusselhaar geschlagen, das immer platt und doof am Kopf klebt, in dem keine Frisur hält und das sich von keinem Festiger festigen lässt, erschien mir eine kräftige Naturkrause die Lösung aller Probleme. Glauben Sie, ich hätte jemals eine einzige Frau gefunden, die mit ihrem dicken, naturgelockten Haar zufrieden gewesen wäre? Von wegen. Ein einziges Gejammer, wie unpraktisch solche Haare wären, wie schwer zu pflegen und zu frisieren. Und alle träumen von einem schönen, glatten Pagenkopf.

Ich glaube nicht, dass es eine Frau auf der Welt gibt, die mit ihrem Aussehen wirklich zufrieden ist. Jede hat etwas an sich auszusetzen, aber oft sind es gerade die vermeintlichen Schönheitsfehler, die andere an ihr lieben. Eine kleine Zahnlücke, der etwas zu runde Po, der »zu kleine« oder »zu große« Busen, das Bäuchlein, das kecke Muttermal – die Abweichungen von der Norm sind es, die uns zu etwas Besonderem machen. Der kleine Schönheitsfleck auf ihrer Oberlippe wurde zum Markenzeichen von Cindy Crawford. Und dabei hat sie x-mal überlegt, ob sie ihn sich wegoperieren lassen sollte, wie ihre Agentur es zu Beginn ihrer Karriere verlangt hatte.

Allzu häufig wird Schönheit mit Perfektion verwechselt. Aber Perfektion ist langweilig. Natürlich sind manche Frauen von der Natur besonders begünstigt, das will ich nicht bestreiten. Aber wirklich perfekt ist keine, und das ist gut so.

Deshalb, Frauen, hört auf mit dem Gejammer. Versucht, euch selbst nüchtern zu sehen; eure Stärken zu betonen und eure Schwächen geschickt zu kaschieren.

Ich zum Beispiel hegte lange eine unglückliche Leidenschaft für kurze Röcke – vermutlich, weil sie mir überhaupt nicht stehen. Irgendwann habe ich mich davon endgültig verabschiedet; man kann eben nicht alles haben im Leben. Seither trage ich lange Röcke oder gut geschnittene Hosen, was meine nicht so tollen Beine versteckt und meine zum Glück schmale Taille betont.

Man kann unendlich viel wertvolle Lebenszeit damit verschwenden, unzufrieden mit sich zu sein. Ich könnte Ihnen aus dem Stand noch ungefähr hundert Sachen aufzählen, die mir nicht an mir gefallen. Aber was würde das ändern? Nichts. Meine Beine würden davon nicht länger werden, meine Oberarme nicht muskulöser, meine Waden nicht graziler. Ich würde nur schlechte Laune kriegen. Und Sie auch.

Natürlich kann man viel fürs eigene Aussehen und Wohlbefinden tun. Genug Bewegung, vernünftiges Essen, geschickte Kleidung, ein positives Lebensgefühl – all das trägt eine Menge bei zu Aussehen und Ausstrahlung. Aber mit den Dingen, die wir nicht beeinflussen können, sollten wir irgendwann unseren Frieden schließen. Glücklich ist, wer vergisst, was doch nicht zu ändern ist... Und wer glücklich ist, ist automatisch schön.

Bis sich die Bierdeckel biegen

»Hast du schon gehört…?« Kribbelts bei Ihnen auch im Bauch, wenn Sie diesen Satz hören? Ich bin immer ganz aufgeregt in Erwartung der Neuigkeiten, die dieser Ankündigung gemeinhin folgen. Neugier ist bei den meisten Menschen ein tief verankerter Wesenszug, und die Neugier auf das, was die lieben Mitmenschen gesagt oder getan haben, ist am größten. Also lieben wir es, wenn uns jemand mit Neuigkeiten versorgt, je sensationeller, desto lieber.

Klatsch und Tratsch genießen ein schlechtes Ansehen, dabei sind sie geradezu unentbehrlich für die seelische Hygiene. Man hat festgestellt, dass in Betrieben, in denen ungehemmt über die Kollegen geklatscht wird, das Arbeitsklima besser und die Mitarbeitermotivation höher ist als in anderen Firmen. Eigentlich widersinnig, denn Klatsch bedeutet ja meistens, dass man sich genüsslich auf die negativen Seiten des »Beklatschten« stürzt und sich darüber austauscht, wie geizig, jähzornig oder verständnislos er sich verhalten hat. Aber vielleicht bedeutet mehr Klatsch auch mehr Kommunikation überhaupt, und die ist dem Klima zuträglich. Wer dem Flurfunk aufmerksam lauscht, weiß, wie die Stimmung ist, wo sich Unheil zusammenbraut, wo das »Gruppenschwein« sitzt. Und informiert zu sein kann schließlich nie schaden.

Besonders beliebt ist die Frage »Wer mit wem?« – die Liebeshändel anderer Menschen sind ein unerschöpflicher Quell der Unterhaltung. Uns beschäftigt nicht nur, ob Kollege A nun mit Kollegin B hat. Nein, auch ob Prinz Charles seine Camilla ehelichen wird oder nicht, scheint viele Menschen rasend zu interessieren. Ganze Zeitschriftenverlage leben von Geschichten mit Titeln wie »Wussow: Scheidung – wird der beliebte Schaupieler das verkraften?« oder »Inge Meysel und Wilhelm Wieben – das neue Traumpaar?« Und mal ganz ehrlich: Wenn wir beim Zahnarzt oder beim Frisör sitzen, lesen wir das doch auch ganz gerne, stimmts??? (Obwohl wir das natürlich nie öffentlich zugeben würden!)

Dass wir am Leben und Lieben der Promis interessiert sind, mag noch mit unserem eigenen glanzlosen Alltag zu erklären sein. Wieso aber interessiert uns, ob unser wenig glamouröser Nachbar eine neue Freundin hat, oder wie viel Frau Maier von gegenüber für ihren Wintermantel bezahlt hat? Kaum eine Information ist banal genug, als dass sie keine Rolle spielen könnte im Dialog der Giftspritzen (wie klatschende Frauen von Männern gerne genannt werden).

Frauen? Wieso eigentlich nur Frauen? Es ist eine gemeine und unhaltbare Unterstellung, dass wir Frauen das klatschende Geschlecht seien. Das Gegenteil ist der Fall: Auch Männer tratschen, dass sich die Bierdeckel biegen; bei Ihnen heißt das dann »Stammtisch« oder «Arbeitsessen«. Wer jemals Gelegenheit hatte, eine Männerrunde zu belauschen, der weiß, dass neben den Lieblingsthemen Fußball und Politik die körperlichen Vorzüge von Damen und die geistigen Defizite von (nicht anwesenden) männlichen Kollegen wesentliche Gesprächsinhalte sind.

Es ist ein Vorurteil, dass Männer nur über Frauen reden, und Frauen nur über Männer. Der erotische Klatsch bezieht sich (im Allgemeinen) auf das andere Geschlecht. Aber der Klatsch, bei dem wir unsere niederen Instinkte lustvoll austoben können, zielt meist auf Geschlechtsgenoss/innen. Es hat was Befreiendes, wenn man einer guten Freundin seine wahren Gedanken über eine Dritte anvertrauen kann; wie schrecklich man ihre Frisur findet, wie schlecht sie ihre Kinder behandelt, wie scheußlich ihr Apfelkuchen geschmeckt hat. Und es tut so gut, wenn die Freundin einem beipflichtet und man sich schwesterlich vereint gegen die Rivalin. (Was sonst ist, soziologisch betrachtet, eine andere Frau – zumindest so lange, bis sie – vielleicht – unsere Freundin wird?)

Nur eine Sache gibt mir zu denken: Wenn ich mir vor Augen halte, was ich so alles über andere rede, liegt es ja wohl auf der Hand, dass die anderen auch über mich reden. Keine sehr gemütliche Vorstellung, dass sich Leute den Mund über mich zerreißen, kaum dass ich zur Tür raus bin. Ob ich mal lauschen soll? Dann wüsste ich endlich, was sie wirklich über mich denken. Oh Gott, nein, besser nicht! Wiegen wir uns lieber weiter in der Illuson, dass die anderen uns so nett finden, wie sie tun…

Wer hat gesagt, dass das Leben schön ist?

Es gibt Tage, da ist die Welt grau. Schon beim Aufwachen möchte man am liebsten weinen, oder wenigstens die Augen wieder zumachen, allem den Rücken kehren und erneut versinken im gnädigen Schlaf des Vergessens. Wenn man sich dann notgedrungen doch aufgerafft und Tee gekocht, die Zeitung reingeholt und den Kindern Schulbrote geschmiert hat, sollte eigentlich alles sein wie immer. Aber nichts ist wie immer, die Welt sieht so trübselig aus wie die Tische eines Straßencafés im Regen.

Alles scheint uns zuzuflüstern: Du bist traurig! Das Leben ist ein Jammertal! Alle sind glücklich, nur du nicht! Und wenn du zwischendurch doch mal versehentlich glücklich sein solltest, dann kannst du sicher sein, dass es ganz schnell wieder vorbei ist!

Dabei sieht, von außen betrachtet, unser Leben gar nicht so hoffnungslos aus.

Um uns aufzumuntern zählen wir uns selbst alle Gründe auf, aus denen wir glücklich sein müssten: Wir sind gesund. (Ja, aber wie lange noch?) Wir sind glücklich verheiratet. (Statistisch gesehen nur eine Frage der Zeit.) Wir haben zwei bezaubernde Kinder. (In ein paar Jahren sind sie groß und wollen nichts mehr von uns wissen, schluchz.) Wir sind erfolgreich im Beruf. (Das kann von einem Tag auf den anderen vorbei sein.) Die Sonne scheint. (Ja, aber das macht uns nur noch unglücklicher, dass wir an einem so schönen Tag nicht glücklich sein können.)

Das ist vielleicht das Schlimmste an diesem Zustand, dass alles, was schön ist, einen noch trauriger macht. Wie kann ich mich an einer Blume erfreuen, wenn ich weiß, dass sie schon morgen tot und verwelkt auf dem Kompost landen wird? Wie kann ich die Sonne genießen, wenn unweigerlich Regentage folgen werden? Wie kann ich das Glück des Moments wahrnehmen, wenn er ein Augenzwinkern später bereits vergangen ist? Im Augenblick des Glücks fühlt man schon das Vergehen, die Endlichkeit des Lebens, der Liebe, der Schönheit.

Man könnte verzweifeln, dass es nichts gibt, was bleibt. Dass wir uns auf nichts verlassen können, außer darauf, dass alles endet. Das hat unbestreitbar Vorteile, wenn es sich um einen schlechten Film, eine langweilige Party oder einen Autobahnstau handelt. Aber dass auch alles Schöne dem Untergang geweiht ist, das können und wollen wir einfach nicht akzeptieren. Und deshalb macht auch das Schöne uns traurig, wenigstens an diesen Tagen.

Natürlich kriegen wir dann ein schlechtes Gewissen, weil wir ja eigentlich nicht wirklich einen Grund zum Traurig-Sein haben. Wir ermahnen uns, dass es Menschen gibt, denen es viel schlechter geht. Dem Nachbarn, der seine Arbeit verloren hat, der Kollegin, die von ihrem Mann verlassen wurde, der Freundin, die Brustkrebs hat. Und dann schämen wir uns, weil wir so undankbar sind. Aber davon geht die Traurigkeit leider auch nicht weg, im Gegenteil. Und dann fangen wir an, uns fast zu wünschen, uns würde auch was Schreckliches zustoßen, so dass wir endlich einen Grund für unsere Traurigkeit hätten, und andere Menschen uns bedauern könnten.

Je mehr wir versuchen, nicht traurig zu sein, desto trauriger werden wir. Wir finden uns selbst wahnsinnig tapfer in unserem Kampf gegen die Traurigkeit, und darüber sind wir gleich wieder zu Tränen gerührt. Und schon versinken wir in einem Meer aus Selbstmitleid, und irgendwie fühlt sich das gar nicht so schlecht an, und wir beginnen, uns ganz wohl zu fühlen in unserem Weltschmerz. Ja, das ist es: Wir müssen lernen, die Traurigkeit zu geniessen!

Wer hat gesagt, dass das Leben schön ist? Und dass wir immer lustig sein müssen? Wehmut ist angesagt, ein bisschen poetisches Leiden an der Welt.

Also zelebrieren wir den Schmerz so richtig mit Hingabe; legen Musik auf, die uns zum Weinen bringt, lesen in alten Liebesbriefen, betrachten Fotos von früher, auf denen wir jung und schön sind, erinnern uns an die glücklichsten Momente unseres Lebens, und trauern genussvoll darüber, dass sie vergangen sind. Und wenn wir uns dann so richtig gesuhlt haben im Selbstmitleid, und das Gefühl genossen haben, das ärmste Schwein auf Erden zu sein, dann geht's uns plötzlich viel besser. Meistens werden wir der Traurigkeit irgendwann überdrüssig. Und wenn wir Glück haben, können wir schon bald über uns selbst lachen.

Mit einem Mal hebt sich der graue Schleier, wir schütteln uns ein bisschen und laufen hinaus in die Sonne, schliessen die Augen und geniessen das Kitzeln der Strahlen auf unserem Gesicht. Wir fühlen uns lebendig und froh, und können uns kaum noch vorstellen, dass wir vor kurzem noch erwogen haben, unserem Leben ein Ende zu setzen, weil es ja ohnehin irgendwann endet. Und da beschließen wir, einfach das Beste draus zu machen. In jedem einzelnen Moment, ob traurig oder schön.

Männer, Frauen und Möbel

Das Wort »Möbel« kommt von »mobil«. Und mobil heißt beweglich. Was also liegt näher, als die Gegenstände des Wohnens immer mal wieder ihrer eigentlichen Bestimmung zuzuführen: Sie zu bewegen. Das Umstellen von Möbeln ist eine weibliche Leidenschaft. Frauen brauchen es einfach hin und wieder, dass sich was verändert in ihrem Leben. Und da man ja nicht ständig den Job, den Ehemann, die Freunde oder den Wohnort wechseln kann, stellt man eben die Möbel um. Das ist vergleichsweise unaufwendig (vorausgesetzt, man hat nicht die Absicht, den Konzertflügel eigenhändig vom Wohnzimmer ins Schlafzimmer zu bewegen), es stillt die Sehnsucht nach Abwechslung und schafft – wenn nicht ein neues Lebens-, so doch ein neues Wohngefühl. Ähnlich wie ein Einkaufsbummel oder ein kosmetisches Runderneuerungsprogramm verschafft es (kostenfrei!) das befriedigende Gefühl, sich etwas Gutes getan zu haben.

Abgesehen davon gibt es jede Menge praktischer Gründe fürs Möbelrücken. Manch schöner Schrank kommt nicht recht zur Geltung, weil er sein Dasein in einer schlecht beleuchteten Ecke fristet. Das etwas abgewetzte Sofa hingegen steht vielleicht besser an der Wand, wo es halb vom Couchtisch verdeckt wird, als mitten im Raum. Der ästhetisch richtige Platz für ein Möbelstück kann nur durch den Augenschein festgestellt werden, also muss gerückt, gezerrt und geschoben werden.

Lange galt auch der Nachweis einer Wasserader als hinreichender Grund fürs Ummöblieren; die hohen Kosten einer Wünschelrutenbegehung sowie Zweifel an ihrer Seriosität haben die Popularität dieser Methode allerdings deutlich sinken lassen.

Erst mit dem Bekanntwerden der chinesischen Feng-Shui-Lehre gab es endlich wieder jede Menge guter Begründungen fürs Umräumen. Schließlich will man nicht sein Liebesglück gefährden, nur weil das Bett falsch steht, oder seine Diplomarbeit in den Sand setzen, weil ein störendes Regal den Fluss der kreativen Gedanken hemmt. Wer immer sich Feng-Shui ausgedacht hat, er muss ein Freund der Frauen gewesen sein, denn nun können wir allen Zweiflern schwarz auf weiß belegen, dass unser Umstellwahn kein solcher ist, sondern sozusagen wissenschaftlich fundiert.

Und Zweifler gibt es genug. Die Nachbarn drunter begreifen nicht, warum es über ihnen gelegentlich so laut poltert (leider auch manchmal mitten in der Nacht, man weiß schließlich nie, wann es mal wieder an der Zeit ist, was zu verändern!)

Unsere Großmutter schätzt es nicht, dass die Wohnung bei jedem Besuch anders aussieht, weil sie sich dann nicht mehr zurecht findet. Unsere Kinder finden es ganz ätzend, wenn Mama das Kinderzimmer umgestellt hat, weil sie das natürlich viel lieber selbst getan hätten. Und am wenigsten Verständnis haben mal wieder die Männer. Die sind meistens ziemlich fassungslos, wenn sie beim Nachhausekommen von einer glücklichen, verschwitzten Frau empfangen werden, die stolz auf das komplett umgeräumte Wohnzimmermobiliar deutet.

»Aber, Schatz, das war doch vorher sehr schön«, reagieren sie wenig euphorisch.

Wenn man ihnen geduldig erklärt, dass es jetzt viiiiel schöner ist, kommt unweigerlich: »Warum hast du denn damit nicht gewartet, bis ich da bin?«

Tja, warum wohl. Erstens setzen Männer erfahrungsgemäß alles daran, die Umstellaktion zu verhindern. Zweitens ist das Erfolgserlebnis viel größer, wenn frau ohne Hilfe die schweren Trümmer hin- und hergerückt hat. (Kleiner Tipp: Wolldecke drunter, dann lassen sich – zumindest auf glattem Boden – auch die schwersten Möbelstücke bewegen.) Und drittens hat der Impuls, die Möbel zu verrücken, eine besondere Eigenart: Er muss sofort in die Tat umgesetzt werden. Einkaufsbummel, Runderneuerungsprogramm, Liebesglück, Diplomarbeit, ganz zu schweigen von Abwasch oder Bügelwäsche – alles auf der Welt kann warten. Aber wenn die Möbel danach schreien, bewegt zu werden, bleibt kein Frauenherz ungerührt. Dann lassen wir alles stehen oder fallen – und rücken. Wir können gar nicht anders. Erklären Sie das mal einem Mann!

Grässlich vergesslich

Ich hätte bestimmt 'ne tolle Karriere gemacht. Wenn ich nur nicht so ein verdammt schlechtes Gedächtnis hätte…

Zum Beispiel die Geschichte mit diesem Hauptabteilungsleiter beim Fernsehen, nennen wir ihn Maier. Ich reise also zur ersten Ausgabe einer neuen Sendereihe, die ich moderieren soll. Am Flughafen kommt strahlend ein Mann auf mich zu, drückt mir die Hand und wünscht mir Glück. Ich sehe ihn fragend an. »Kennen wir uns?« Sein Gesicht fällt runter. Mit eisiger Stimme sagt er: »Maier. Ich bin Ihr neuer Chef.« Im Laufe der Jahre sind wir uns noch ein paar Mal begegnet, und nachdem ich ihn auch beim dritten Mal nicht erkannt hatte, habe ich in Maier nun endgültig einen Feind fürs Leben. Ich kann's ihm nicht verdenken.

Partys sind der blanke Horror für mich. Ich bin umzingelt von Menschen, von denen ich genau weiß, dass ich sie kennen müsste; aber ich kenne sie nicht. Einige Gesichter kommen mir bekannt vor und ich durchwühle mein Gedächtnis erfolglos nach einem Namen. Nichts. Da ist nichts. Wo bei anderen Leuten Namen aufbewahrt werden, befindet sich bei mir eine leere Gehirnschublade. Ohne Boden vermutlich; da fallen sie immer raus, die Namen.

Aber nicht nur Gesichter und Namen weigern sich beharrlich, von meinem Gedächtnis gespeichert zu werden. Auch alle sonstigen Informationen, die im Alltag eine Rolle spielen, sind flüchtige Materie. Alles, was nicht auf einem Zettel notiert ist, existiert nicht. Also notiere ich alles, was ich nicht vergessen darf: Leos Einladung zum Kinderfest, der Zahnarzttermin, die Steuererklärung, der Titel des Filmes, den ich unbedingt sehen will, die Termine der Müllabfuhr, Omas 85. Geburtstag, Ideen für das neue Buch, wichtige Telefonnummern – alles, alles schreibe ich brav auf kleine Zettel. Unser ganzes Haus ist übersät mit diesen Zetteln. Sie haften am Kühlschrank, sie pinnen am Pinnbrett, sie kleben an meiner Schreibtischlampe, sie knüllen sich in meiner Handtasche – leider vergesse ich meistens, sie rechtzeitig zu lesen. Verspätungen und Versäumnisse sind die Folge, mein halbes Leben besteht aus Mahnungen und Entschuldigungen.

Unzählige Male habe ich auf der Suche nach verlegten Gegenständen sämtliche Mitglieder meiner Familie des Raubes bezichtigt, während das Corpus Delicti in einer Ecke vor sich hinschlummerte – genau da, wo ich es hingeräumt hatte.

Die wochenlange, erbitterte Rechereche nach einer verloren geglaubten Hose (In der Reinigung verschwunden? Im Hotel vergessen? Einer Freundin geliehen?) kostete mich Zeit, Nerven und die Sympathien meiner Mitmenschen – ich hatte schlicht vergessen, dass ich die Hose in einen anderen Schrank gehängt hatte.

Vor Jahren schaltete ich sogar einmal die Polizei ein, weil ich überzeugt war, mir sei ein Scheck gestohlen worden. In Wahrheit hatte ich ihn längst bei meiner Bank eingereicht – was mir leider entfallen war.

Vieles, was andere sich als schöne Erinnerung bewahrt haben, ist bei mir längst getilgt. Jahreszahlen sind Schall und Rauch. Habe ich '74 Abi gemacht? '75? Oder doch erst ein Jahr später? In welchem Jahr waren wir in Griechenland? Wo war noch dieses tolle Lokal, in dem wir so gut gegessen haben? München? Köln? Hamburg? Und wie hieß der Junge, von dem ich meinen ersten Kuss bekommen habe? Peter? Martin? Thomas? Keine Ahnung. Schade eigentlich.

Meine grässliche Vergesslichkeit führt aber zum Glück dazu, dass auch unangenehme Erinnerungen bei mir bald gelöscht sind. Ich denke nicht mit Grausen an irgendwelche Kindheits-Schrecken zurück – habe ich alle längst vergessen. Der Krach mit meiner Freundin neulich – worum ging's da überhaupt? Und die dummen Sprüche dieses geschwätzigen Taxifahrers? Vergessen. Auch gut.

In einer Hinsicht ist mein schlechtes Gedächtnis übrigens noch praktisch: Da ich auch alles vergesse, was ich gelesen oder im Kino gesehen habe, kann ich immer wieder die gleichen Bücher lesen und die gleichen Filme sehen – mir kommen sie jedes Mal vor wie neu!

Barbaren im Hotel

O Gott, gleich werde ich mich anhören wie meine Mutter, wenn ich zu meinem Klagelied über den Verfall der guten Sitten ansetze, aber mal ehrlich: Bringt es Sie nicht auch zur Verzweiflung, wie schlecht sich viele Menschen benehmen?

Ich weiß nicht, wann ich zuletzt gesehen habe, dass in der U-Bahn ein Jugendlicher einem alten Menschen seinen Platz angeboten hätte – für uns früher eine Selbstverständlichkeit. Vor einiger Zeit habe ich mich mal getraut, einen jungen Kerl dazu aufzufordern, seinen Platz für ein altes Mütterchen zu räumen. Der Bursche warf mir nur einen unverschämten Blick zu und meinte: »Steh doch selber auf!« Er hatte genau gesehen, dass ich hochschwanger war.

Oder beim Autofahren: Es vergeht kaum ein Tag, wo ich nicht aufs Übelste geschnitten, abgedrängt oder beschimpft werde; nicht selten haben mich andere Autofahrer mit ihrer Rücksichtslosigkeit in lebensgefährliche Situationen gebracht. Besonders manche Männer scheinen ihr Selbstbewusstsein daraus zu beziehen, dass sie als Erste an der Ampel sind. Tolle Kerle.

Oder beobachten Sie mal Gäste in Restaurants, auch in teuren übrigens: Todschick gekleidet schikanieren sie den Kellner und spielen sich mit ihren Kenntnissen der Weinkarte auf. Man ist sicher, es mindestens mit einem Bankdirektor, einem Spitzenmanager, auf jeden Fall mit einer kultivierten Persönlichkeit zu tun zu haben. Sobald der erste Gang auf dem Tisch steht, wird man eines Besseren belehrt: Der vermeintliche kultivierte Mensch legt den Arm quer vor den Teller, beugt sich nach vorne und schaufelt das Essen rein, dass einem übel wird. Fazit: Der Besitz von Geld oder Status ist keineswegs ein Garant für gutes Benehmen.

Diese Beobachtung konnte ich kürzlich auch in einem Hotel machen, in dem eher besser betuchte Familien ihren Urlaub verbringen. Was ich da an schlechten Tischsitten, unhöflichem Benehmen und rücksichtslosem Verhalten beobachtet habe, spottet jeder Beschreibung. Einmal fegte mir ein junger Mann beim Sprint aufs Büffet meine halbe Mahlzeit vom Teller, ohne sich auch nur umzudrehen – von einer Entschuldigung ganz zu schweigen. Von einem Familienvater musste ich mich arrogant anblaffen lassen, als ich seine Tochter darauf hinwies, dass es *mein* Glas gewesen sei, das sie gerade umgestoßen hatte. Ein neues Getränk, wenigstens eine Entschuldigung? Fehlanzeige.

Wann hat mir zuletzt jemand die Tür aufgehalten, in den Mantel geholfen, einen Koffer abgenommen? Ich weiß es nicht mehr. Dafür weiß ich noch genau, wie oft ich schweißüberströmt, ein schreiendes Baby im Kinderwagen und ein trotzendes Kleinkind an der Hand, eine Treppe rauf oder runter wollte und hunderte von Menschen an mir vorbeiströmten, ohne dass einer angehalten und geholfen hätte.

Klar, als junger Mensch lehnt man erstmal ab, was einem die Altvorderen an Erziehung aufdrängen wollen; auch ich fand die von meinen Eltern so dringend gewünschten guten Manieren blöd und überflüssig. Ein Spießer, wer sich von diesen bürgerlichen Repressionen verbiegen ließ; Selbstverwirklichung war angesagt, persönliche Freiheit und überhaupt.

Die Zeiten ändern sich. Heute rede ich Tag für Tag auf meine Kinder ein, sie möchten doch bitte beim Essen nicht kippeln oder schmatzen, und beim Husten die Hand vor den Mund halten – meist ohne Erfolg.

Aber ich werde nicht aufgeben. Warum? Nicht, weil »es sich so gehört« oder weil »man das so macht«. Nein, erstens ekelt es mich, wenn jemand (fr)isst wie ein Schwein oder mir ins Gesicht hustet. Und zweitens habe ich begriffen, dass gute Manieren das sind, was uns das Zusammenleben mit anderen Menschen überhaupt erträglich macht. Sie sind der dünne Mantel der Zivilisation, der uns vor der Barbarei bewahrt.

Leider beeindruckt meine Kinder das im Moment noch wenig.

»Ich weiß schon, wie man ordentlich isst«, erklärt mir mein Sohn, »ich hab bloß keine Lust dazu.«

Vielleicht änderst sich das, wenn er in das Alter kommt, in dem er beginnt, sich fürs andere Geschlecht zu interessieren. Wenn sein erstes

Date geplatzt ist, weil die Dame seines Herzens sich von seinen rohen Tischsitten abgestoßen fühlt, besinnt er sich ja womöglich eines Besseren. So nach dem Motto: »Bevor ich 'ne flotte Nacht verpasse, benutze ich eben eine Serviette.«

Verzeih mir, Mutter. In diesem einen Punkt hattest du Recht…

Sex? Kostet Zeit und macht nur Ärger

Nirgends wird so viel gelogen wie im Bett.

Lüge Nummer eins: »Das ist mir noch nie passiert.« Lüge Nummer zwei: »Das macht doch nichts.« Lüge Nummer drei: »Ich habe Kopfschmerzen.« Es folgen unendliche Variationen zum Thema, die alle das Ziel haben, den Partner nicht zu kränken. Und meist das Gegenteil erreichen.

Der sensibelste Punkt der Männer ist ihre Potenz; bei Frauen die ewige Frage, ob sie körperlich attraktiv sind. Und Sex rührt ständig an diese Wunden. Wenn er stattfindet. Noch mehr aber, wenn er *nicht* stattfindet. Weil uns überall eingeredet wird, ein glücklicher und erfolgreicher Mensch sei nur, wer ein glückliches und erfolgreiches Sexualleben vorzuweisen habe. Da kann die natürlichste Sache der Welt leicht zum Stress werden.

Anfangs scheint alles ganz einfach. Man lernt sich kennen, verliebt sich, die Hormone geraten in Aufruhr, man will nur eins: Zusammen sein, so nah wie möglich, so oft wie möglich. Wenn alles gut geht, folgt eine Zeit der schieren Seligkeit; die

Männer fühlen sich potent, die Frauen attraktiv, der aufregende Sex der Anfangszeit ist die Erfüllung all unserer Sehnsüchte – ach, was kann das Leben schön sein!

Erfahrungsgemäß hält dieser Zustand aber nur eine begrenzte Zeit an. Irgendwann lässt der Thrill nach; die Aufregung weicht im besten Fall der Vertrautheit, im häufigeren Fall der Langeweile. Die Sache wird nicht gerade einfacher, wenn man sich entschlossen hat, eine Familie zu gründen. Babys sind der Sexkiller Nummer eins. Sie rauben uns den Nachtschlaf, saugen uns aus, erfordern unsere ganze Kraft und Zuwendung. Und dann war's das mit der Leidenschaft, für eine ganze Weile zumindest. Die Männer sind beleidigt und eifersüchtig, die Frauen überanstrengt und genervt – wohl dem, der diese Phase übersteht!

Leider hat sich die Natur ein paar Gemeinheiten ausgedacht, die zwar ihrem Fortbestand, nicht aber dem Klima innerhalb von Beziehungen zuträglich sind. Nachdem sie Kinder bekommen haben, lässt nämlich bei den meisten Frauen die Lust auf Sex ziemlich nach. Das hat natürlich den Sinn, die Brutpflege zu sichern, dient also dem Wohle des Nachwuchses. Der Sexualtrieb der Männer bleibt aber unverändert, was zu Dauerkonflikten in der Beziehung und nicht selten zur Aufnahme außerehelicher Beziehungen seitens des Mannes führt. Das wiederum entspricht dem Auftrag der Natur, der schlicht lautet: Fortpflanzen! Je mehr Sex ein Mann hat, desto höher ist die Wahrscheinlichkeit, dass er Nachwuchs zeugt – ganz im Sinne der Evolution.

Die meisten Beziehungen ähneln in Sachen Sex ab einem gewissen Zeitpunkt den Beitrittsverhandlungen zur EU: Die einen wollen so viel wie möglich haben, die anderen so wenig wie möglich geben. Natürlich gibt niemand zu, dass sein Schlafzimmer viel häufiger Schauplatz zermürbender Gespräche *über* Sex ist, als der Ausübung desselben.

Am zweitmeisten wird gelogen, wenn es darum geht, das eigene Liebesleben nach außen darzustellen. Selbst gute Freunde oder Freundinnen belügen uns, wenn es um die Anzahl der Sexpartner geht, über die Qualität des Sex und über seine Frequenz. Jeder ist bestrebt, sich als attraktiver und erfolgreicher Liebhaber darzustellen, denn Probleme mit der Lust sind peinlich.

Ich würde tippen, ein Großteil der Beziehungen die scheitern, scheitern am Sex.

Sex ist viel mehr als Fortpflanzung und Triebabfuhr; er ist Selbstbestätigung, Liebesbeweis, Machtinstrument, Druckmittel. Nüchtern betrachtet kostet er eine Menge Zeit und verursacht oft ziemlichen Ärger. Und viel zu selten ist er einfach nur das, was jeder sich wünscht: Der körperliche Ausdruck der Liebe.

Aber was eine Beziehung zusammen hält, ist in den meisten Fällen eben nicht Sex, sondern Liebe. Wer das eine mit dem anderen verwechselt, hat bald ein Problem.

Vielleicht wäre es das Vernünftigste, den besten Freund oder die beste Freundin zu heiraten. Dann lebt man mit jemandem zusammen, den man wirklich mag, und auf den man sich verlassen kann. Das Thema Sex bleibt außen vor, und kann deshalb nicht zum Problem werden. Die Kinder leben in stabilen Verhältnissen und müssen nicht ständig fürchten, die Eltern könnten sich trennen, weil sie keinen Spaß mehr im Bett miteinander haben. Keiner ist eifersüchtig, wenn man sich verliebt. Und man könnte immer wieder das wunderbare Verliebtsein des Anfangs erleben, das ja bekanntlich ohnehin nicht von Dauer ist…

Verlockende Verbote

Es waren einmal eine Mutter und ein Vater, die wollten, dass aus ihrem Töchterlein ein kluges, gebildetes Menschenkind würde. Deshalb verboten sie ihm das Fernsehen. Das Töchterlein war sehr traurig, wenn es des Morgens in die Schule kam, und ihre Freunde von »Lassie«, »Fury« und »Bonanza« erzählten. Es fühlte sich ausgeschlossen und hatte das Gefühl, es gäbe nichts Spannenderes auf der Welt als Fernsehen. Wenn ihre Eltern abends im Theater oder im Konzert waren, sah das Mädchen heimlich fern, und zwar am liebsten die Sendungen mit dem Hinweis »Für Jugendliche nicht geeignet«. Da gruselte es sich ganz fürchterlich und lag oft weinend vor Angst unter der Bettdecke. Als das Mädchen groß geworden war, kaufte es sich einen eigenen Fernseher, und statt zu studieren glotzte es fern. Und als es noch größer geworden war, suchte es sich einen Job beim Fernsehen, und da arbeitet es heute noch.

Ein Märchen? Keineswegs, das Mädchen bin ich.

Da gibt es auch noch die Geschichte von den Eltern, die ihr ganzes Leben lang engagierte Pazifisten waren, ihre Kinder auf Ostermärsche und Anti-Kriegs-Demos mitschleppten, und ihnen Spielzeugwaffen verboten. Sie waren sehr stolz, dass sie es in all den Jahren geschafft hatten, ihren Prinzipien treu zu bleiben. Bis ihnen ihr Sohn eines Tages eröffnete, dass er sich für zwölf Jahre bei der Bundeswehr verpflichtet habe.

Oder die Sache mit dem Zucker, der in vielen ökobewegten Familien verboten, ja geradezu verteufelt wird. Da gibt's keinen Kuchen, kein Eis, keine Gummibärchen, und das Müsli wird mit Fruchtsirup gesüsst. Was machen die Kinder? Kauen die ausgelutschten Kaugummis ihrer Freunde weiter, legen sich geheime Süßigkeiten-Verstecke zu und investieren ihr gesamtes Taschengeld in die verbotene Droge.

Das Prinzip »Nichts lockt mehr als ein Verbot« ist bekannt seit Adam und Eva. Verbote schreien geradezu danach, übertreten zu werden, und es scheint in der menschlichen Natur zu liegen, dieser Aufforderung nachkommen zu müssen.

Jeder von uns kennt die Verführung, hundertzwanzig zu fahren, obwohl achtzig vorgeschrieben ist. Die Straße zu überqueren, obwohl die Ampel rot ist. Ohne Fahrschein in die U-Bahn zu steigen, obwohl man weiß, dass sechzig Mark Bussgeld und eine satte Blamage vor den anderen Fahrgästen drohen.

Alle Jugendlichen versuchen, mit dreizehn in einen Film zu kommen, der ab sechzehn freigegeben ist, oder an der Tankstelle Bier zu kaufen, obwohl der Tankwart es ihnen nicht geben darf.

Sie rauchen, obwohl es die Eltern streng verboten haben (oder gerade deshalb?)

Verbote üben eine unwiderstehliche Anziehungskraft aus. Sie zeigen uns Grenzen auf, und Grenzen will man überschreiten, auch das liegt in der menschlichen Natur. Etwas Verbotenes zu tun und dabei nicht erwischt zu werden, verschafft einem einen Kick, ein Hochgefühl. Dafür muss man sonst am Bungee-Seil von einer Brücke springen oder einen reißenden Fluss im Kanu überqueren. Wie viel leichter ist es, eine CD oder ein T-Shirt zu klauen. Der Nervenkitzel ist fast genau so groß und viel einfacher zu kriegen.

Wenn man sich diese Erkenntnis in der Kindererziehung zunutze machen will, so heißt das »paradoxe Intervention«. Einen Frischluftmuffel kriegt man am besten vor dir Tür, wenn man ihm Stubenarrest verordnet. Motzende Bälger, die keine Lust auf den Familienausflug haben, werden gefügig, wenn man ihnen mitteilt, dass sie zur Strafe alleine zu Hause bleiben müssen. Und wenn man möchte, dass der Rest vom Gemüseauflauf gegessen wird, muss man nur so tun, als wolle man nichts davon abgeben – schon wollen alle was haben.

Am sichersten funktioniert dieses Prinzip aber, wenn's um die Liebe geht.

Romeo und Julia wären nicht das berühmteste Liebespaar der Welt, wenn ihnen nicht ihre Familien den Umgang miteinander verboten hätten. Viele Ehen würden nicht zustande kommen, wenn nicht Eltern oder Ex-Partner mit aller Kraft versuchen würden, es zu vereiteln.

Und zu manchem Seitensprung wäre es vielleicht nicht gekommen, wenn sich die Ehepartner nicht ewige Treue geschworen hätten.

Das Dumme ist, dass wir das wissen, und trotzdem immer wieder auf diesen Mechanismus reinfallen. Meine Kinder dürfen auch nicht fernsehen und kriegen wenig Süßigkeiten, mit dem Ergebnis, dass sie auf beides total scharf sind. Und natürlich hätte ich es gerne, dass mein Mann mir ewige Treue schwört. Oder lieber doch nicht?

Warum Frauen Schuhe lieben

»Ruckediguuu, Blut ist im Schuh…« gurrten die Tauben im Aschenbrödel-Märchen, als die böse Schwester ihren Fuß in die viel zu kleinen Schuhe gezwängt hatte. Kein Märchen: Wir Frauen stehen auf auserlesenes Schuhwerk und viele nehmen dafür auch Blessuren in Kauf, bis hin zum Blutvergießen.

Wer einen Abend in Manolo-Blahnik-Riemchensandalen mit 12 Zentimeter hohen Stilettos verbracht hat, weiß, was Schmerz ist. Aber angeblich auch, wie es sich anfühlt, ganz Frau zu sein. Das behaupten zumindest jene Männer, die solche Folterinstrumente an weiblichen Füßen erotisch finden. Ich finde es, unter uns gesagt, ein bisschen würdelos, wenn Frauen ihre Füße in quälend unbequemes Schuhwerk zwängen, um den vermeintlichen Erwartungen irgendwelcher Männer zu entsprechen. Wahrscheinlich werden gewisse Schuhe ohnehin nicht dafür gemacht, getragen, sondern nur dafür, betrachtet und bewundert zu werden. Ich selbst trage nie unbequeme Schuhe, seien sie noch so sexy oder angesagt. Ich empfinde das als eine Missachtung meines Körpers; außerdem gibt es keinen Menschen auf der Welt, dem zuliebe ich mir absichtlich Schmerzen zufügen würde.

Aber Schuhe müssen ja zum Glück nicht unbequem sein, um schön zu sein. Es gibt Schuhe, deren Zauber liegt genau darin, dass der Fuß hineingleitet und sich sofort zu Hause fühlt. Die obendrein gut aussehen, mit der Mode gehen und – nein, preiswert sind sie nicht. Nie. Gute Schuhe sind immer teuer, leider. Je besser, desto teurer. Es soll maßgeschneiderte Schuhe für den Preis eines Gebrauchtwagens geben, habe ich mir sagen lassen. Wie die sich wohl anfühlen?

Die meisten Frauen haben einen Schuhtick. Sie kaufen zwanghaft Schuhe. Manche kaufen immer die gleichen, z. B. Turnschuhe in allen Variationen, oder Pumps in allen Absatzhöhen. Andere lieben das Ausgefallene und werden schwach, sobald sie Schuhe entdecken, die sie noch nicht besitzen. »Ich brauche ein paar neue Schuhe« sagen diese Frauen, aber von »brauchen« kann natürlich keine Rede sein. In ihren Schränken stapeln sich die Schuhe, treten sich buchstäblich gegenseitig auf die Füße; aber was ist ein Paar Schuhe, das man schon hat, gegen ein Paar Schuhe, das man noch nicht hat?

Ich zum Beispiel liebe Stiefeletten. Ich kann gar nicht genug von ihnen kriegen, obwohl ich bestimmt schon fünf Paar besitze. In ihnen fühle ich mich sicher und aufgehoben, sie passen zu meiner Kleidung, meinem Tempo, meiner Befindlichkeit. Aber Schuhe üben grundsätzlich eine magische Anziehung auf mich aus, deshalb kann ich an keinem Schuhgeschäft vorbeigehen, ohne wenigstens einen Blick ins Fenster zu werfen. Manchmal verliebe ich mich so heftig in Schuhe, dass ich gleich mehrere Paar davon kaufe, weil ich den Gedanken nicht ertrage, eines Tages ohne diese Schuhe zu sein. Deshalb stehen bei mir auch einige Schuhpaare herum, die längst von der Mode überholt sind; verstaubte Reliquien meiner Leidenschaft.

Schuhe sind mehr als Laufwerkzeuge oder Fußbekleidung. Sie sind unser Halt in der Welt, ein Schutz gegen spitze Steine auf unserem Lebensweg, ein Signal, auf welche Weise wir diesen Weg gehen. Wackelig oder selbstbewusst, praktisch oder prätentiös, stöckelnd oder im Laufschritt, robust oder fragil. Schuhe verraten mehr über ihren Träger, als manchem lieb ist; viele Leute sehen ihrem Gegenüber bei der ersten Begegnung nicht in die Augen, sondern auf die Schuhe. Ich zum Beispiel könnte nie einen Mann sexy finden, der Slippers mit Troddeln trägt. Oder Sandalen mit Socken. Oder Seehundfellstiefel.

Interessant auch, wie jemand seine Schuhe behandelt. Liegen sie kreuz und quer herum und werden vor dem Tragen schnell zusammengesucht? Oder stehen sie frisch geputzt und nach Farben geordnet im Schuhregal? Wie lange sehen neue Schuhe an jemandem neu aus? Wie oft werden sie besohlt, wann die Absätze gerichtet? Irgendwer hat mal die Regel aufgestellt, dass ein Mann, der vor dem Liebesakt seine Hose zusammenlegt, kein guter Liebhaber sein kann. Ich würde behaupten, dass jemand, der seine Schuhe misshandelt, kein guter Freund sein kann.

Bleibt die Frage, warum ausgerechnet wir

Frauen ein so intimes Verhältnis zu Schuhen haben. Wenn wir Sigmund Freud Glauben schenken wollen, ist der Schuh geradezu ein Symbol für Weiblichkeit, sein Erscheinen im Traum wird als Hinweis aufs weibliche Geschlechtsteil gedeutet. Freud hin, Freud her; Tatsache ist, dass Frauen und Schuhe zusammengehören, und dass diese Leidenschaft meist früh beginnt.

Ich erinnere mich an eine der schlimmsten Enttäuschungen meiner Kindheit: Ich träumte, ich hätte ein Schuhgeschäft geerbt. Aufgeregt tanzte ich zwischen den Regalen auf und ab und konnte mein Glück nicht fassen. Ich begann, all die wunderbaren Lackschuhe, Spangenschuhe, Pantöffelchen und Stiefel anzuprobieren – da wachte ich auf. Drei Tage heulte ich über diesen gemeinen Betrug!

Und den Menschen ein Wohlgefallen

Weihnachten steht vor der Tür. Das Fest des Konsums, des Stresses und der Familienkräche. Schon Wochen vorher herrschen Hektik und Gereiztheit, weil die meisten Menschen ahnen, dass es diesmal wieder nichts wird mit Ruhe, Frieden und den Menschen ein Wohlgefallen. Das alles scheint so schwer erreichbar geworden zu sein, dass viele Menschen schon im Vorfeld verzweifeln, weil sie wissen, dass – wie jedes Jahr – die Gans anbrennen, die Schwiegermutter herumkeifen und der Familienfrieden schwersten Anfechtungen ausgesetzt sein wird.

Warum machen wir es uns bloß so schwer? »Tradition« stöhnen wir und brechen fast zusammen unter dem Gewicht der Päckchen und dem Druck der Erwartungen. Weihnachten, das Fest der Liebe? Von wegen. Mit Liebe hat das alles nur wenig zu tun. Mit Nächstenliebe schon gar nicht. Zugegeben, viele Menschen sind in der Weihnachtszeit so spendenfreudig wie nie; aber wohl nicht, weil sie plötzlich bessere Menschen geworden sind. Vielleicht eher, weil sie ein schlechtes Gewissen haben. Wer gerade viel Geld für Computerspiele, Snowboardausrüstungen und Designerpelze ausgegeben hat, sieht es meist nicht gern, wenn vor den weihnachtlich geschmückten Geschäften bettelnde Menschen das Bild versauen. Oder Zeitungsberichte aus aller Welt uns vor Augen führen, was für ein verdammtes Glück wir haben, dass wir zufällig nicht von Hunger, Erdbeben, Überschwemmungen, politischer Verfolgung, AIDS oder Krebs betroffen sind. Das verdirbt die festliche Stimmung, deshalb wird im Sinne eines Ablasshandels gespendet, um die innere Stimme zu übertönen. Wer die überhaupt hört, ist noch kein hoffnungsvoller Fall; er empfindet immerhin Mitleid, wenn auch vielleicht gegen seinen eigenen Willen. Aber manchmal habe ich das Gefühl, die Fähigkeit mitzuleiden lässt hier zu Lande erschreckend nach. Fast gehört es zum guten Ton, sich nicht mehr erreichen, nicht mehr erweichen zu lassen. Soziale Unterschiede? Tja, tut uns Leid, das Leben ist nun mal ungerecht. Krankheit und Gebrechen? Pech gehabt, was soll man machen?

Engagement für andere? Keine Zeit, wir müssen Karriere machen, Geld verdienen, erfolgreich sein.

Ob jemand Mitgefühl zu erwarten hat, hängt ganz wesentlich davon ab, wie die Medien das jeweilige Anliegen »promoten«. Ganz oben auf der Mitleids-Skala stehen qequälte Tiere. Dann kommen krebskranke Kinder (sofern sie deutsch sind). Bei AIDS denken immer noch viele insgeheim »selbst schuld«, und das Schicksal einer ausgewiesenen bosnischen Familie interessiert kaum noch jemanden.

Oh nein, ich verlange nicht, dass wir uns alle Probleme dieser Welt zu Eigen machen und uns für alles verantwortlich fühlen. Vielleicht wäre die Weihnachtszeit aber doch die richtige Zeit dafür, sich mal wieder ein paar Gedanken um seine Mitmenschen zu machen. Ich meine nicht nur, Geld zu spenden. Das ist gut, das ist wichtig, das sollte man unbedingt tun, wenn man kann. Auf die Gefahr hin, dass es abgedroschen klingt: Nächstenliebe kann auch sein, ein paar Stunden zu opfern, um die kranke Nachbarin aufzumuntern. Oder das Schlüsselkind von gegenüber zum Mittagessen einzuladen (vielleicht regelmäßig?) Oder der frisch geschiedenen Arbeitskollegin einen Abend zu schenken, an dem sie sich bei uns aussprechen kann. Es gibt so viele kleine, unspektakuläre Möglichkeiten, Nächstenliebe zu üben. Die meisten kosten wenig oder nichts – nur Zeit und Energie. Aber wenn man sich vorstellt, wie viel Zeit und Energie man in den Wahnsinn der Weihnachtseinkäufe und Festvorbereitungen steckt – da könnte man durchaus ein bisschen »umverteilen«, oder?

Als ich ein Kind war, haben meine Eltern einige Jahre lang an Weihnachten Flüchtlinge aus Eritrea zu uns nach Hause eingeladen und beschenkt. Wir Geschwister fanden das so spannend, dass wir darüber sämtliche Streitereien vergaßen. (»Wie ein heiliger drei König!«, stellte mein kleiner Bruder einmal in Anspielung auf den Mohrenkönig fest.) Ich bin sicher, diese Attraktion ersparte uns eine Menge weihnachtlicher Familienkräche. Außerdem erfuhren wir Interessantes über unsere Gäste und ihr Land, wir konnten ihnen ein bisschen Wärme und Gastfreundschaft geben, und angesichts ihrer Notlage vielleicht sogar unser eigenes Glück dankbarer genießen.

Natürlich können Videospiele, Snowboardausrüstungen und Designerpelze viele Menschen erfreuen, und sie seien jedem von Herzen gegönnt, der Spaß daran hat. Aber es macht auch richtig Spaß, etwas für andere zu tun, ehrlich! Probieren Sie's doch einfach mal aus.

Erziehung ist Glückssache

»Du dreifach um den Kirchturm gewickelte Arschantilope!«, begrüßt mich meine Tochter und grinst quer übers ganze Gesicht. Echt klasse, was sie da so alles lernen im Kindergarten.

Und erst in der Schule!

»Der ist ja voll schwul«, befindet mein Sohn im Bezug auf einen Klassenkameraden und als ich verblüfft nachfrage, ob er überhaupt wisse, was das bedeute, erklärt er: »Na, voll Scheiße eben.«

Sobald die lieben Kleinen den schützenden Bereich des elterlichen Hauses verlassen und einige Stunden täglich unter Gleichaltrigen zubringen, kann man einen galoppierenden Verfall der guten Sitten beobachten. Nicht, dass in unserem Haushalt fäkal-sprachliche Äußerungen nicht auch vorkämen; aber was unsere Sprösslinge an Kraftausdrücken heimbringen, spottet jeder Beschreibung.

Was tun? fragen sich die verstörten Eltern und suchen Rat bei anderen Betroffenen.

»Ignorieren«, raten die einen.

Klingt gut, angeblich wird ja alles reizlos, was man nicht verbietet. Unsere Versuche mit, sagen wir, Süßigkeiten, sprechen aber leider gegen diese These. Außerdem, wo soll das enden, wenn man den Kindern keine Grenzen mehr setzt?

»Hart durchgreifen«, empfehlen die anderen.

Ach ja. Und wie hart, bitte schön? Für jedes »Arschloch« eine Ohrfeige, für jedes »Scheiße« einen Tag Hausarrest? Auch nicht ganz das, was uns für die Erziehung unserer Kinder vorschwebt. Gleichzeitig stimmt es schon: Sobald wir heftig auf eine der verbalen Entgleisungen reagieren, kriegt der Delinquent glänzende Augen und benutzt das Wort mit der tollen Wirkung so oft wie möglich wieder.

»Geduldig erklären, warum diese Wörter hässlich und beleidigend sind«, lautete der dritte Ratschlag.

So nach dem Motto: »Nein, Schätzchen, die Julia ist keine Stinkmorchel, die hat eine Halsentzündung und riecht deshalb ein bisschen aus dem Mund.«

Oder: »Schwul heißt übrigens, dass zwei Männer sich gerne haben und das ist total in Ordnung.«

Mit diesem Thema gelingt es sogar, ein gewisses Interesse hervorzurufen. »Wie?«, fragt das Kind mit großen Augen, »heißt das, die zwei bumsen miteinander?«

Irre ich mich, oder waren wir in unserer Generation so ab 12, 13 Jahren mit diesen Begriffen vertraut? Mein Sohn ist sieben. Manchmal wünscht man sich, es hätte '68 nie gegeben.

»Erziehung heißt Vorbild sein« lautet eine der Spruchweisheiten, die uns Eltern in der Illusion wiegen, wir hätten irgendeinen Einfluss auf die Entwicklung der eigenen Brut.

Die Wahrheit ist ja, wie amerikanische Untersuchungen inzwischen herausgefunden haben, dass die Kinder sowieso zu ungefähr 80 Prozent aus Veranlagung bestehen, nur bei den restlichen 20 Prozent können wir noch was verbocken. Vielleicht sollten wir uns deshalb nicht allzu viele Sorgen machen, was die Kindererziehung angeht.

Früher waren wir Mütter ja an allem schuld; wenn Töchterlein keine Mathematik konnte genauso, wie wenn Sohnemann keine Frau fand. Ich finde die Vorstellung außerordentlich beruhigend, dass ich mal nicht für alles verantwortlich sein werde, was meine Kinder später nicht gebacken kriegen.

»Erziehung ist Glückssache« heißt ein anderer Spruch, der mir recht lebensnah erscheint und meiner bisherigen Erfahrung mit der Brutpflege im Wesentlichen entspricht. Wahrscheinlich kommt es nur darauf an, unser offenkundiges Versagen als naturgegeben zu betrachten, und nicht als persönliche Niederlage.

Ich frage mich also nicht mehr, warum meine Kinder jeden Tag eine neue Verbalinjurie mit nach Hause bringen, mit der sie meine Geduld auf die Probe stellen. Sondern ich tröste mich ganz entspannt damit, dass der Bereich »Kraftausdrücke« leider nicht unter die 20 Prozent fällt, auf die ich einen Einfluss habe. Aber warum eigentlich nicht, verdammte Sch....?

Man hat's nicht leicht

»Leicht ist schwer, was« bemerkte einst ein schwergewichtiger bayerischer Kabarettist, und damit hat er natürlich recht. Meist ist das Leben eher anstrengend als erholsam, eher erdenschwer als luftig leicht. Vielleicht ist das ja auch der Grund, weshalb die Industrie eine schier unendliche Palette von Light-Produkten erfunden hat, zur Erleichterung unserer Gewichtsprobleme und Anhebung unseres Lebensgefühls. Auch die Raucher, die unverbesserlichen, kriegen ein Trostpflästerchen für's schlechte Gewissen: Die Light-Zigarette. Aber kaum geht's nicht ums Essen oder Qalmen, ist »light« verpönt, ja geradezu anrüchig.

Auf die »leichte Muse« schauen wir Kulturbeflissenen nachsichtig lächelnd herunter, »leichte Unterhaltung« ist was für Leute, die zu faul sind, ein gutes Buch zu lesen. Und wenn jemand nach der Erfüllung einer Aufgabe feststellt, es sei ganz leicht gewesen, dann ist das Ergebnis in den Augen der anderen gleich nur noch halb so viel wert.

Wertvoll ist nur, was »hart erkämpft« oder zumindest »hart erarbeitet« ist. Entsprechend traut man sich kaum zuzugeben, dass man eine Arbeit gerne macht, dass sie einem zufliegt oder leicht fällt. Lieber beschwert man sich mit sorgenzerfurchter Stirn, wie schrecklich man sich quält, und genießt die Bewunderung seiner Mitmenschen.

»Gewogen und für zu leicht befunden« ist ein idio(ma)tischer Ausspruch, der unser merkwürdig gestörtes Verhältnis zur Leichtigkeit belegt. Was ist »zu leicht«? Wer legt es fest? Und wer sagt, dass Schwere an und für sich schon ein Wert sei?

Was mich ärgert, ist, dass ganz besonders wir Frauen unter dem »Leichtigkeits-Verdikt« zu leiden haben. Die verächtliche Bezeichnung »leichtes Mädchen« wirft zum Beispiel ein Licht darauf, wie die Gesellschaft Frauen mit eigenen Moralvorstellungen abqualifiziert. Das männliche Gegenstück zum leichten Mädchen ist natürlich der »Charmeur«, der »Frauentyp« oder der »Casanova« – Bezeichnungen, aus denen eher Bewunderung als Verachtung spricht.

Natürlich haben die Männer festgelegt, dass wir Frauen es im Leben gefälligst nicht allzu leicht haben sollen. Nachdem Waschmaschine, Spülmaschine und Rührgerät zur Erleichterung der Hausfrauenarbeit erfunden waren, hatten die Männer ihre Schuldigkeit getan. Besten Gewissens überlassen sie uns seither die Einnahme der Pille, die Beziehungsarbeit und die Aufzucht der gemeinsamen Kinder. Besondere Perfidie: Das männliche Erwerbsleben zwischen Arbeitsessen, Dienstreisen und Kontaktpflege auf dem Golfplatz gilt als schwer, während »das bisschen«

Haushalt und Kindererziehung als eine Art fortdauernder Vergnügungsausflug betrachtet wird. Eine zusätzliche Berufstätigkeit der Frau wird von vielen Männern bestenfalls als persönlichkeitsstärkendes Hobby gesehen.

Da wir's also ohnehin schon so leicht haben im Leben, gönnen uns die Männer eines überhaupt nicht: Den Konsum leichter Stoffe in textiler, literarischer oder filmischer Form.

Ein neues Kleid, je leichter desto teurer, gilt per se als überflüssige Verschwendung. Die Lektüre leichter Bücher wird uns ebenso verübelt wie ein Hang zu leichter Kino- oder Fernsehunterhaltung. Alles bäh, finden die Männer, alles banaler Weiberkram. Ausgerechnet die sagen das, deren größte Leidenschaft darin besteht, zweiundzwanzig laufenden Muskelpaketen beim Balltreten zuzusehen. Oder irgend so einem Schumi-Klon beim Im-Kreis-rumfahren. Da fällt mir echt nix mehr ein.

Manchmal muss frau sich eben ein Kleid kaufen, ein lustiges Buch lesen, eine kitschige Serie ansehen. Deshalb sind wir noch lange nicht doof. Wir haben nur besser gelernt, mit den Härten des Lebens umzugehen. Hin und wieder gönnen wir uns was, damit das Leben leichter wird. Wir stehen wenigstens dazu, daran könnten sich die Männer ein Beispiel nehmen. Und was machen sie stattdessen? Behandeln Fußball wie die ernsteste Sache der Welt. Als ging's um Leben und Tod. Schwer, die Sache mit der Leichtigkeit. Manche können sie einfach nicht aushalten, die unerträgliche Leichtigkeit des Seins. Aber die werden auch leicht unerträglich.

Die große Neuigkeit

Neugier gilt gemeinhin als weibliche Eigenschaft. Seit ich meinen Mann kenne, weiß ich es besser.

Es beginnt schon morgens: Wehe, ich wage es, verschämt nach der Zeitung zu greifen, da bedeutet er mir ungeduldig, dass er beabsichtige, genau diesen Teil jetzt gleich zu lesen, worauf ich die Zeitung verschreckt fallen lasse und nach den Prospekten mit Werbung für Heimwerkerbedarf und Campingmöbel greife.

Selbst wenn ich für mich eine zweite Zeitung besorgt habe, trifft mich ein misstrauischer Blick. Er scheint zu fürchten, durch das Lesen würden die Buchstaben verschwinden, womöglich auch in seiner Zeitung.

Gegen elf vernehme ich das metallische Klappern des Briefkastens und gleich darauf bringt mein Mann mir die Post. Nicht, dass er meine Briefe öffnet, das tut er nicht. (Er würde es aber wahnsinnig gerne tun, wie er neulich zugegeben hat.) Nein, er dreht und wendet nur alle Umschläge, bis er eine Vorstellung davon hat, was drin sein könnte. Bei interessant aussehenden

Sendungen fragt er auch schon mal nach, wer der Absender ist oder was in diesem dicken Brief wohl drinstehen könnte???

Postkarten liest er natürlich ungeniert. Faxe sowieso. Meist legt er sie mir gleich mit einer mündlichen Zusammenfassung nebst persönlichem Kommentar auf den Tisch.

Spätestens beim Mittagessen ist er über das gesamte Weltgeschehen informiert. Ob ein Politiker zurückgetreten ist oder ein Schauspieler gestorben, ob ein Erdbeben stattgefunden hat oder eine weitere Scheidung im Bekanntenkreis ansteht – mein Mann weiß es. Ich vermute, dass er den Vormittag radiohörend und telefonierend zubringt, statt seinem Brotberuf, dem Verfassen von Drehbüchern, nachzugehen.

Alle Stationen seines Autoradios sind auf Bayern 5 programmiert, wo im Viertelstundentakt Nachrichten kommen. Bei Fahrten aus unserem Dorf nach München schafft er es viermal, wenn er Glück hat und Stau ist, sogar fünf bis sechsmal (!) die gleichen Meldungen zu hören. Wenn man mit ihm gemeinsam im Auto sitzt, muss man ständig damit rechnen, mit einem rüden »Schschscht!« unterbrochen zu werden, weil gerade irgendeine aktuelle Meldung über den Sender geht.

Zur Entspannung sieht mein Mann nicht fern, liest ein gutes Buch oder legt eine Patience. Nein, er schaut Tele-Text.

Nachdem wir schon ein bis zwei Nachrichtensendungen mit den Meldungen des Tages gesehen haben, liest er hingebungsvoll endlose Buchstaben-Kolonnen. Inhalt? Die Meldungen des Tages natürlich.

Wenn wir spätabends gemeinsam nach Hause kommen, führt Peters erster Gang in sein Büro, seinen Anrufbeantworter abhören. Sein zweiter Gang führt in *mein* Büro. Ich persönlich glaube daran, dass Nachrichten eine Nacht lang frisch bleiben, deshalb kann ich ungerührt ins Bett gehen, ohne mein Band abzuhören. Peter würde vor Neugier kein Auge zutun. Das Ende vom Lied ist also, dass er auch *meine* Nachrichten abhört.

WIE, ZUM TEUFEL, SOLL ICH JEMALS EINE AFFÄRE HABEN?

Peter behauptet, die Nachrichten-Neurose liege in seiner Familie. Schon sein Großvater habe während des Krieges unter Lebensgefahr feindliche Sender abgehört. Nach dem Krieg war die Familie etwas ernüchtert, als der vermeintliche Akt des Widerstandes sich als profane Neugier entpuppte: Auch den Rest seines Lebens hörte Großpapa stündlich die Nachrichten!

Wenn man Peter fragt, was er sich denn eigentlich erwarte, kriegt er einen versonnenen Blick und sagt: »Die Nachricht, die mein Leben verändert!«

Irgendwie verstehe ich ihn sogar. Wann war das eigentlich, als *ich* noch stündlich meinen Briefkasten kontrolliert habe?

Genau, es war damals, als ich gerade frisch in Peter verliebt war und immer hoffte, einer seiner wunderbaren Liebesbriefe würde kommen und mein Leben verändern. Und er ist gekommen.

Das habe ich jetzt davon…

Nichts für Waschlappen

Meine beste Freundin ist gerade vierzig geworden. Sie sagt, sie habe überhaupt keine Probleme damit. Was solle sich denn schon groß ändern, schließlich bleibe man dieselbe, und das Älterwerden bleibe ja auch keinem erspart, nicht mal unseren Feinden, tröstlicherweise.

Ich bin auch gerade vierzig geworden. Ich hatte eine Menge Probleme damit. Komischerweise schon lange, bevor es so weit war. Ein halbes Jahr davor begann diese leichte Nervosität, dieses Gefühl, sich unausweichlich auf eine Katastrophe zuzubewegen, auf den Tag X, nach dem alles anders sein würde, als es bisher war.

Vierzig, das heißt, endgültig erwachsen zu sein, keine Ausreden mehr. Es heißt, das Thema Familienplanung allmählich zu den Akten zu legen. (Doch noch ein Drittes? Wann, wenn nicht jetzt? Nein, lieber nicht. Oder vielleicht doch…?)

Es heißt: Halbzeit, wenn man Glück hat. Die zweite Lebenshälfte. Von nun an geht's bergab. Fältchen, schwächelndes Bindegewebe, schwindende Erotik. Sex über vierzig? Makabre Vorstellung. Als ich zwanzig war, hielt ich mich für unsterblich. Vierzig werden? Das würde mir nicht passieren!

Meine beste Freundin sagt: »Mach nicht so ein Gedöns. Man ist so alt, wie man sich fühlt. Es geht genau so weiter, du wirst nicht den geringsten Unterschied merken.«

Was? Man merkt nicht mal was? Also, das finde ich jetzt auch nicht in Ordnung. Schlimm genug, dass ich nichts dagegen tun kann, aber wenn ich schon vierzig werden muss, dann will ich es wenigstens *spüren*. Will mich erhaben fühlen über all die jungen Hüpfer, die noch keine Ahnung haben vom Leben. Will mich damit trösten, eine reife Frau mit Lebenserfahrung zu sein, der keiner mehr ein X für ein U vormacht. Will von möglichst vielen Menschen hören, dass ich *fantastisch* aussehe für mein Alter.

Womit wir beim heikelsten Punkt angekommen wären: Wie begeht man diesen persönlichen D-day im Leben einer Frau?

»Ganz groß feiern«, sagen einige. »Dann hast du so viel Stress, dass du gar keine Zeit hast, in die Depression zu fallen.«

»Abhauen«, sagen andere. »Einfach wegfahren, am besten mit deinem Liebsten, irgendwohin, wo es kein Telefon und kein Fax gibt.«

»Tot stellen«, raten die Dritten. »Zuhause bleiben und so tun, als wär nix.«

Egal, wie man diesen Tag übersteht, man darf stolz auf sich sein. Wie sagte Bette Davis so richtig: »Älterwerden ist nichts für Waschlappen.« Ich war jedenfalls stolz auf mich, als ich es geschafft hatte; ohne Depression, ohne Kopf-in-den-

Sand-stecken, ohne aufgesetzte Lässigkeit. In Würde altern, das ist doch was!

Und so langsam dämmern mir auch die Vorteile des Älterwerdens: Man hat nicht mehr viel zu verlieren, außer seinen Haaren und seinen Zähnen. Was schert es mich beispielsweise, was die anderen sagen, jetzt wo ich mich allmählich der Vollendung meines irdischen Lebensweges nähere? Da kann ich doch genau so gut mutig sein, und all das tun, was ich mich bisher nicht getraut habe. Zum Beispiel im Oktoberfestzelt auf dem Tisch tanzen und laut »Hossa!« singen. Oder meinem widerlichen Nachbarn endlich die Meinung geigen. Oder die Fahrt mit dem Heißluftballon machen, von der ich schon lange träume. Oder der wildfremden Frau in der U-Bahn sagen, wie sympathisch ich sie finde. Oder mich für den Hamburg-Marathon anmelden, obwohl ich sicher nur zehn Kilometer schaffe.

Man spricht von der »Anarchie des Alters« und meint diese scheinbar durchgeknallten Alten, die Tod und Teufel nicht mehr fürchten, die frei sind von vielen Ängsten, mit denen wir uns noch rumplagen. Wäre es nicht klasse, wenn wir es schaffen könnten, diese Ängste zu verlieren, bevor wir *zu* alt sind, um die dadurch gewonnene Freiheit noch genießen zu können?

Sternzeichen: Chaotin

Jungfraugeborene gelten als ordnungsliebende Menschen. Ich bin Jungfrau, und ich liebe die Ordnung. Es gelingt mir nur nicht, sie herzustellen.

Mein Leben ist ein einziger Kampf gegen das Chaos; gegen umstürzende Papierstapel, verkramte Notizzettel, verlegte Brillen. Mein Arbeitszimmer sieht aus, als würde ich gerade einoder ausziehen: Büchertürme am Boden, halbgefüllte Pappkisten, nicht aufgehängte Bilder, unschlüssig in einer Ecke gestapelter Plunder. Auf meinem Schreibtisch befinden sich im Moment: Meine Sonnenbrille, zwei leere Batterien, eine CD von Hubert von Goisern, ein Feng Shui Airspray namens »Harmony« (ein Geschenk von Veronica Ferres), eine Kleinbildkamera, eine leere Filmdose, eine Stecknadel mit silbernem Kopf, ein Telefon, noch ein Telefon, eine Videokassette, die ich seit Wochen zurückschicken sollte, eine Zeichnung meiner Tochter Paulina, auf der ich aussehe wie ein rachitischer Schimpanse, zehn aufeinander gestapelte Zehnpfennigstücke, drei Notizblöcke, ein Diktiergerät, ein Stapel Prospekte, ein

Leitzordner, eine Klarsichthülle mit Notizen zu meinem neuen Buch, ein Zettel mit der Aufforderung, sich aktiv am Montessori-Schulfest zu beteiligen, eine Rolle Tesafilm, eine Flasche Uhu-Klebstoff namens »Flinke Flasche«, ein Taschenrechner, ein Locher, ein Stapel unbeantworteter Briefe, zwei Marmeladengläser mit Stiften, die zum größten Teil nicht schreiben, ein Stapel unbeantworteter Briefe, der Cover-Entwurf für den Sammelband mit meinen Journal-für-die-Frau-Kolumnen, mein Computer.

Neben meinem Schreibtisch steht ein so genannter »Deck-Chair«, das ist so ein nachgemachter Holzliegestuhl, wie sie früher auf schicken Kreuzfahrtschiffen um den Swimming-Pool herum standen. Darüber habe ich eine Lampe angebracht, und eigentlich wäre das der schönste Platz zum Lesen, den man sich vorstellen kann. Leider haben sich auf dem Liegestuhl hunderte von Büchern und jede Menge Schnellhefter, Pressemappen und andere Lektüre angesammelt, so dass ich mich zum Lesen auf den Fußboden setzen muss.

Im restlichen Haus sieht es nicht besser aus. Die Aufzählung, was sich alles auf meinem Nachttisch befindet, erspare ich Ihnen lieber. Inhalt und Systematik meines Kleiderschrankes würden jeden Astrologieanhänger endgültig vom Glauben abfallen lassen. Aber die größte Herausforderung sind und bleiben die Kinderzimmer. Dort kann man die praktischen Auswirkungen der Chaostheorie studieren, zum Beispiel die Tatsache, dass alle Materie danach strebt, sich im Raum zu verteilen. Oder auch das unerklärliche

Phänomen, dass sich trotz ständigen Ausmistens die Menge des angesammelten Spielzeuges nicht verringert.

Also, da fühle ich mich irgendwie auch nicht mehr zuständig, da offensichtlich irgendwelche kosmischen Einflüsse die letzten Spuren der astrologischen Kräfte überlagern. Außerdem sind meine Kinder Zwilling und Krebs, und die haben's einfach mehr mit der Kreativität als mit der Ordnung.

In der Wohnküche machen sich die besuchsweise Anwesenheit fremder Menschen sowie das segensreiche Wirken des Aupair-Mädchens positiv bemerkbar; an manchen Tagen könnte man fast den Eindruck gewinnen, sich in der Behausung zivilisierter Menschen zu befinden. Natürlich darf man keine Schubladen öffnen oder den Inhalt des Schrankes einer näheren Inspektion unterziehen, da rätselhafte Nester und erstaunliche Konglomerate aus scheinbar unvereinbaren Gegenständen den guten Eindruck schnell zerstören würden. Aber manchmal ist man ja schon dankbar für ein bisschen schönen Schein!

Eine große Rolle beim Herstellen von Ordnung spielt der Keller, in dem alles verschwindet, was man gerade nicht mehr braucht, aber noch nicht endgültig entsorgen will. Da Jungfrauen, Zwillinge, Krebse und Steinböcke (mein Mann) sich außerordentlich schwer von Dingen trennen können, ist unser Keller also das Endlager allen Plunders und der ultimative Beweis dafür, dass Materie sich selbsttätig vermehrt. Denn ich schwöre bei meinem Leben: Da unten liegt mehr Zeug, als wir jemals reingeschafft haben!

Manche Leute glauben, mehr Raum würde ihr Problem mit der Ordnung lösen. Leider ist das ein fataler Irrtum. Eine weitere Gesetzmäßigkeit der Chaostheorie heißt: Je mehr Platz da ist, desto mehr Zeug sammelt sich an. Es nutzt also nichts, von einem Ein-Zimmer-Appartement in eine geräumigere Wohnung zu ziehen, denn es ist nur eine Frage der Zeit, bis diese wieder aus allen Nähten platzt. Und wer – bei entsprechender Veranlagung – gar die Chance hat, ein ganzes Haus vollzumüllen, der kann den Gedanken an Ordnung im Grunde gleich aufgeben.

Bleibt die Frage, warum das mit den Jungfrauen und der Ordnung bei mir nicht hinhaut.

Ganz einfach: Mein Aszendent ist Löwe. Alles klar?

Die Kunst »Nein« zu sagen

Meist beginnt es mit einem harmlosen Fax.

»Liebe Frau Fried, die Frauengruppe des Ortsverbandes der Sowieso-Partei in Winzighausen feiert ihr zwanzigjähriges Bestehen. Wir würden uns sehr freuen, wenn Sie unseren Festabend moderieren würden.«

Ungefähr zehn solcher Faxe kriege ich pro Woche. Man glaubt gar nicht, wie viele Frauengruppen es gibt, wie viele soziale Einrichtungen, Umweltschutzorganisationen, Kulturkreise und sonstige Initiativen, die immerzu Festabende und Podiumsdiskussionen ausrichten.

Sofort kriege ich ein schlechtes Gewissen. Ich bewundere Menschen, die politisch aktiv oder sozial engagiert sind und finde, man sollte ihre Arbeit unterstützen. Aber ich kann nicht ständig herumfahren und Veranstaltungen moderieren, dazu habe ich nicht die Zeit. Was also tun?

An starken Tagen schaffe ich es, abzusagen. Am liebsten per Fax, um sämtlichen Überredungsversuchen auszuweichen. An schwachen Tagen schaffe ich es nicht. Und dann sitze ich irgendwann im Zug nach Winzighausen und ärgere mich über mich selbst.

Warum ist es bloß so schwer, »Nein« zu sagen?

Jeder kennt sie: Die Nachbarn, die einem zur Urlaubszeit den Hausschlüssel in die Hand drücken, damit man ihre zweiundachtzig Topfpflanzen gießt, »aber mindestens dreimal in der Woche!«

Die Freundin, die ständig neue Wohnungen bezieht und einen jedes Mal zur Mithilfe nötigt. (»Wenn ihr alle Kisten oben habt, mach ich euch 'ne Pizza!«) Die Kindergartenmutter, die für jeden Elternabend selbst gebackenen Kuchen anfordert. Den Kollegen, der uns einen Stoß Arbeit auf den Schreibtisch packt und ins Wochenende abrauscht. Die entfernte Tante, die durch halb Deutschland chauffiert werden will, weil Zugfahren so teuer ist.

Und immer lässt man sich breitschlagen, obwohl man sich ärgert. Und obwohl bei weitem nicht sicher ist, ob diese Nachbarn, Freundinnen, Kollegen und Tanten das Gleiche für uns tun würden, wenn wir sie darum bäten.

Manche Menschen haben etwas ungemein Überzeugendes an sich; sie schaffen es, jeden in ihrer Umgebung dazu zu bringen, das zu tun was sie wollen. Schon manche Kinder haben das drauf; sie nerven einfach so lange, bis man aus Gründen der Selbsterhaltung aufgibt. Aus kindlicher Sicht basiert die ganze Erziehung auf dem Versuch herauszufinden, wie oft ein Erwachsener »Nein« sagt, bevor er schließlich doch schwach wird. Nicht umsonst gibt es massenweise Bücher mit Titeln wie »Das Nein in der Erziehung«, »Das Nein in der Liebe«, »Die Kunst, nein zu sagen« und so fort.

Umgekehrt gibt es Menschen, die sich schlecht abgrenzen können. Wenn diese beiden Typen aufeinander treffen, kriegt der eine, was er will, weil der andere etwas macht, was er nicht will. Wie zwei Pole eines Magneten ziehen sie sich an, die Schwäche des einen ist der Erfolg des anderen.

Ich frage mich also, ob's an mir liegt. Ob ich so viel Gutmütigkeit ausstrahle, dass meine Mitmenschen denken müssen, ich sei leichte Beute? Es muss so sein, sonst würde ich nicht immer wieder in diese Situation kommen. Offenbar merken die anderen, wie schwer er mir fällt, eine Bitte abzuschlagen, und genau aus diesem Grund fragen sie mich natürlich.

Ich glaube, die Unfähigkeit »Nein« zu sagen, ist angeboren, genauso wie das Gegenteil. Tatsächlich kennt man ja genügend Leute, für die dieses Problem offenbar überhaupt nicht existiert. Sie können eine Bitte an sich abperlen lassen, wie Wasser auf Wachstuch. »Gehaltserhöhung? Tut mir Leid, bei Ihren Leistungen zurzeit nicht drin.« Sofort hat man selbst das schlechte Gewissen und fragt sich, wie man es überhaupt wagen konnte. Und bei manchen Menschen würde man noch nicht mal auf die Idee kommen, zu fragen. Wie zum Teufel machen die das bloß?

Liebe Mitmenschen, damit es ein für alle Mal klar ist: Ich bin nicht gutmütig. Ich lasse mich nicht breitschlagen. Ich habe nicht das geringste Problem damit, »Nein« zu sagen.

Deshalb: Bitten Sie mich am besten erst gar nicht um eine Gefälligkeit. Bitte, bitte tun Sie's nicht… versprochen?

Kaviar im Schlafsack

Was habe ich in meiner Jugend von tollen Hotels geträumt, damals im Schlafsack, am Strand von Griechenland! Über mir die Sterne, unter mir der Sand, und in mir genügend Metaxa, um die Nacht zu überstehen.

Der Gipfel des Luxus bestand in dieser Zeit aus einem winzigen, spartanisch eingerichteten Zimmerchen, das eine griechische Familie für die Sommersaison geräumt hatte, um es an deutsche Touristinnen zu vermieten. Das hat dann umgerechnet fünf Mark pro Nacht gekostet, eigentlich nicht die Welt, aber doch eine Menge für ein junges Ding wie mich, das mit 400 Mark in der Tasche sechs Wochen Urlaub machen wollte. Ist mir übrigens gelungen, aber fragen Sie mich bitte nicht, wie…

Mit Schaudern denke ich auch an die Nächte zurück, die ich in Zelten verbringen musste. Entweder, bin ich halb erstickt in den Ausdünstungen meiner Mitschläfer, oder wegen eines unerwarteten Kälteeinbruches halb erfroren. Oft wachte ich auch in einer Pfütze auf, weil es nachts geregnet hatte und das Zelt leider in einer Mulde stand. Bei Wind knatterten irgendwelche Planen wie Maschinengewehrsalven, und eines Nachts brach das Zelt einfach über uns zusammen – eine Kuh hatte das Spannseil durchgebissen.

Kurz und gut, ich schwor damals einen heiligen Eid, dass ich alles daran setzen würde, es in meinem Leben zu genügend Wohlstand zu bringen, um mir immer und überall ein anständiges Hotelzimmer leisten zu können. Das habe ich glücklicherweise geschafft, und ich gebe zu, ich mag schöne Hotels. Aber mein Seelenheil hängt nicht davon ab. Wenn ich heute unterwegs bin, übernachte ich lieber bei einer Freundin auf der Klappcouch. Dann quatschen wir die halbe Nacht und ich habe es garantiert lustiger als im Hotel. Dort könnte ich mir nur die Herrenwitze der angeschickerten Vertreter an der Bar anhören und mich später zu Harald Schmidt vor die Glotze flüchten.

Überhaupt habe ich festgestellt, dass Luxus etwas sehr Relatives ist. Früher stellte ich mir darunter Berge von Kaviar vor, teure Sportwagen, riesige Villen, Schmuck, Pelze, den ganzen Plunder.

Heute weiß ich: Echter Luxus ist, endlich mal Zeit für seinen Partner zu haben. Oder einen ganzen, wunderbaren Sommertag im Freien zu verbringen, ohne dass auch nur einmal das Telefon klingelt. Oder nach einem stressigen Arbeitstag in ein Schaumbad zu sinken und die Welt zu vergessen.

Natürlich kann es toll sein, sich mal mit was Besonderem zu verwöhnen. Einem teuren Essen, einem schicken Designerstück, einem überflüssigen Luxus, der nicht sein müsste, aber Freude bereitet. Oft reicht sogar schon das Gefühl, dass man sich dieses oder jenes leisten könnte, wenn man wollte.

Aber wer sich die Fähigkeit bewahrt hat, sich über gutes Wetter, einen freien Parkplatz, ein leckeres Eis oder ein Schnäppchen im Schlussverkauf richtig zu freuen, der hat sicher mehr Spaß im Leben als Menschen, die nur noch ab einem gewissen materiellen Niveau Genuss empfinden können. Außerdem finde ich diese Leute furchtbar anstrengend, die nie zufrieden sind und einen ständig mit ihren hohen Ansprüchen nerven. Man sollte einen gewissen Ehrgeiz entwickeln, nicht so zu werden.

Ich will das ja echt nicht verklären mit den Übernachtungen am Strand, aber wenn ich mir's recht überlege, war es ja manchmal auch ziemlich romantisch. Man saß um ein Feuer herum, irgendjemand spielte Gitarre, man flirtete mit einem netten Griechen und am nächsten Morgen... haben Sie schon mal einen Sonnenaufgang am Strand erlebt? Ich sage Ihnen, das hat was.

Vielleicht liegt das Geheimnis darin, für alles offen zu bleiben. Die Schönheit einer Übernachtung im Freien ebenso wahrnehmen zu können, wie die Annehmlichkeiten eines Fünf-Sterne-Etablissements. Mal Luxus, mal Askese. »Luxese«, sozusagen.

Soll sowieso ein neuer Trend sein, habe ich mir sagen lassen. Ist ja auch logisch: In der Abwechslung liegt der Reiz. In manchen Momenten kann ein Teller voller Bratkartoffeln der weitaus größere Genuss sein, als eine ganze Dose Kaviar. Und erst, wenn ich diese grässlichen Nächte im Zelt erlebt habe, kann ich ein bequemes Hotelbett wirklich schätzen. Wer immer nur im Luxus lebt, für den ist er nichts Besonderes mehr. Also, eigentlich können einem die reichen Leute richtig Leid tun!

Bitte nicht weitersagen!

Für manche Menschen ist die Bitte »Nicht weitersagen!« geradezu eine Aufforderung, etwas sofort weiterzuerzählen. Sie können einfach kein Geheimnis für sich behalten, wobei es keinen Unterschied macht, ob es sich um etwas Wichtiges oder um etwas Nebensächliches handelt. Sie verbreiten ungehemmt unsere vertrauliche Mitteilung, dass wir die neue Kollegin unsympathisch finden, aber auch das Gerücht, der Chef sei beim Ladendiebstahl beobachtet worden. Ersteres verdirbt höchstens die Stimmung; Letzteres kann uns den Job kosten. Beides ist den Plaudertaschen entweder egal, oder sie überreißen einfach nicht, was ihre Indiskretionen anrichten können.

Das Tückische ist, dass die notorischen Geheimnisverräter uns besonders überzeugend suggerieren, sie seien die Diskretion in Person. Sie schwören uns, dichtzuhalten. Sie sind zutiefst gekränkt, wenn wir das in Zweifel ziehen. Sie ködern uns mit Beispielen dafür, was sie alles *nicht* weitererzählt haben. So erschleichen sie sich unser Vertrauen, und irgendwann werden wir schwach. Das liegt natürlich daran, dass wir geradezu darauf brennen, unser Geheimnis loszuwerden. Offenbar liegt es in der Natur des Geheimnisses, dass es ausgeplaudert werden will. Das ist vermutlich der Grund dafür, dass es in der katholischen Kirche die Beichte gibt. Wo sonst kann man sich von der Last seiner Geheimnisse gefahrloser befreien, als gegenüber einem Pfarrer, der zum Stillschweigen verpflichtet ist. Aber was tun die Ungläubigen? Die müssen sich einen Freund oder eine Freundin suchen, um ihr Mitteilungsbedürfnis zu befriedigen, und das kann ins Auge gehen.

Ich persönlich halte mich für ziemlich verschwiegen. Also, um genau zu sein: Wenn ich fürchten muss, dass meine Indiskretion Schaden anrichten könnte, kann ich schweigen wie ein Grab. Meistens habe ich aber das Gefühl, die mir anvertrauten Geheimnisse seien nicht so weltbewegend, um nicht weitererzählt werden zu können. Es ist nämlich ein verbreiteter Irrtum unter den Menschen, anzunehmen, das, was man erlebt, sei einzigartig und noch nie da gewesen. In Wahrheit handelt es sich doch meistens um ziemlich ähnliche Geschichten.

Wenn man Umfragen glauben darf, betrügen siebzig Prozent der Frauen ihre Männer, und fünfundachzig Prozent der Männer ihre Frauen. Kein Wunder, dass die Liste der Geheimnisse vom Seitensprung angeführt wird. Wenn uns also eine Freundin ein Geheimnis anvertrauen will, erfahren wir meistens, dass diese Freundin ihren Mann betrügt. Oder dass sie den Verdacht hat, ihr Mann betrüge sie. Oder dass sie vom Seitensprung einer anderen Freundin erfahren hat, und dieses Wissen nicht für sich behalten kann.

Auf Platz zwei der Liste stehen Schwangerschaften. Aus unerfindlichen Gründen wird aus Schwangerschaften anfangs meistens ein Geheimnis gemacht. Das Gewissen desjenigen, der die freudige Nachricht dennoch weiter verbreitet, wird dadurch erleichtert, dass Schwangerschaften auf lange Sicht ohnehin nicht geheim bleiben, es also verzeihlich erscheint, diesen Zeitpunkt der Veröffentlichung etwas vorzuverlegen.

Interessant wird es übrigens, wenn man Punkt eins der Liste (Seitensprünge) und Punkt zwei (Schwangerschaften) in Beziehung zueinander setzt. Die Statistik besagt, dass jedes zehnte Kind nicht vom Ehemann der Mutter stammt, sondern Ergebnis eines Seitensprunges ist. Bleibt die Frage, warum so wenige der gehörnten Ehemänner merken, dass ihnen ein Kuckucksei untergeschoben wurde. Entweder, die Frauen entwickeln plötzlich eine ungeahnte Fähigkeit zum Dichthalten, oder wir haben hier mal wieder den Beweis für die Fähigkeit von Männern, nur das zu Kenntnis zu nehmen, was ihnen genehm ist.

Die menschliche Neigung, Geheimnisse auszuplaudern, kann man sich natürlich auch zunutze machen. Wer eine Abstimmung beeinflussen will, muss nur im Vorfeld ein paar Gerüchte über die Kandidaten in Umlauf bringen, die unter dem Siegel der Verschwiegenheit garantiert blitzschnell die Runde machen werden. Aus der Wirtschaft gibt es Beispiele, wo geschickt lancierte »Insiderinformationen« die Kurse von Unternehmen ins Bodenlose haben stürzen lassen. In der

Politik gibt es das Mittel der »gezielten Indiskretion«; damit sind Informationen gemeint, die man inoffiziell der Presse zuspielt, damit sie einem Politiker schaden oder nutzen. Und jeder, der in einer Firma angestellt ist, kennt die Taktik, vor Gehaltsverhandlungen ein paar Kollegen anzuvertrauen, man habe ein tolles Angebot von der Konkurrenz.

Eines ist klar: Wenn man möchte, dass eine Sache geheim bleibt, darf man sie absolut niemandem erzählen. Wenn man möchte, dass eine Sache publik wird, muss man sie den Leuten erzählen, die am überzeugendesten schwören, dass sie dichthalten werden.

Ob man sein »Geheimnis« den richtigen Leuten anvertraut hat, merkt man spätestens dann, wenn es einem von jemand anderem als interessante Neuigkeit erzählt wird – unter dem Siegel der Verschwiegenheit, natürlich!

Wir werden immer schöner

Neulich war ich bei einer Freundin zu Besuch, die ich länger nicht gesehen hatte. Ich war überrascht, wie gut sie aussah; sie wirkte regelrecht verjüngt. Ich erkundigte mich nach dem Geheimnis dieser Verwandlung, und sie murmelte irgendwas von »bisschen Diät gehalten« und »Schönheit kommt von innen« und so.

Ich sah sie mir genauer an. Sie hatte weniger Falten, eindeutig. Die Stirnfalten vom Krausziehen – verschwunden. Die kleinen Fältchen um die Augen – deutlich weniger. Die Magenfalten längs der Lippen – so gut wie weg. Der Busen höher. Die Beine schlanker, der Po straffer.

»Komm, spucks aus«, forderte ich sie auf, »was ist das für 'ne Wunderdiät? Und den Namen der Wundercreme kannst du mir auch gleich verraten!«

Meine Freundin wand sich ein bisschen. Dann gab sie zu, dass sie sich die Steilfalte über der Stirn mit Nervengift habe unterspritzen lassen. Mit Nervengift! Mir sträubten sich alle Haare. Ja, erklärte sie mir, das verhindere, dass man die Stirn weiter krausziehe.

Ich brauchte eine Weile, bis ich diese Neuigkeit verdaut hatte.

Dann sagte ich, das erkläre aber noch nicht die anderen Veränderungen an ihrem Körper.

Naja, räumte sie ein, mit dem abgesaugten Fett aus ihren Oberschenkeln habe sie die Partie neben dem Mund aufspritzen lassen. Zusätzlich könne man die Falten noch abschleifen, das gehe ganz schnell und sei völlig ungefährlich. Mir fiel das Kinn runter. Meine Freundin stellte fest, das sähe nicht vorteilhaft aus, da ich ohnehin einen Ansatz zum Doppelkinn hätte. Kinnstraffung sei übrigens eine Sache von ein paar Stunden; man könne die Klinik nach einer Nacht verlassen.

Nach und nach rückte sie damit heraus, dass sie außer den erwähnten Eingriffen auch noch eine Bauchstraffung, ein Busenlifting (unverzichtbar nach drei Kindern!), eine Oberlidkorrektur, sowie eine Bleichung der altersbedingten Pigmentflecken auf den Händen hinter sich habe.

Ich war erschüttert. Ich begann sofort, ihr einen Vortrag darüber zu halten, wie riskant diese Eingriffe seien, das könne man doch überall nachlesen, und wie leichtsinnig ich es von ihr fände, sich ohne Not solchen Gefahren auszusetzen. Dann hielt ich ein flammendes Plädoyer für Lachfältchen, Gesichter mit Geschichte und Altern in Würde.

»Ich bin stolz auf jede Falte!« tönte ich, »die sind alle hart erarbeitet!«

Sie sah mich spöttisch an.

»Und mein Busen ist nach zwei Kindern auch nicht mehr toll, aber mein Mann liebt mich trotzdem!«

»Schön für dich«, gab sie ungerührt zurück.

Plötzlich fiel mir ein, dass ich Zeit meines Lebens unter meinem runden Po und meinen kräftigen Oberschenkeln gelitten habe. Ich trug nie Miniröcke, umwickelte im Freibad die Krisenregion schamhaft mit einem Handtuch, und wenn ein neuer Liebhaber in meinem Bett lag, verließ ich den Raum rückwärts, wenn ich ins Bad musste.

Und, fragte ich mich trotzig, bist du vielleicht nicht trotzdem glücklich geworden? Na, bitte.

»Und für wen machst du das alles?« wollte ich wissen.

»Ganz einfach«, antwortete meine Freundin, »für mich!«

Ich muss zugeben, die Sache beschäftigte mich. Immer wieder musterte ich sie heimlich und konnte leichte Neidgefühle nicht unterdrücken. Als die Wahrheit mal raus war, wurde sie nicht müde, mir die Vorteile der verschiedenen Eingriffe zu schildern. Es fiel mir immer schwerer, mich an meine vielfach geäußerte Verachtung für Frauen zu erinnern, die den Gegenwert eines Kleinwagens in ihr Gesicht investieren, und anschließend so aussehen, als seien sie mit einem kollidiert. Bei meiner Freundin war das anders, sie sah objektiv besser aus als vorher.

Am Morgen vor meiner Abreise erwischte sie mich, wie ich vor dem Spiegel meine Oberschenkel inspizierte.

»Wenn du möchtest, gebe ich dir ein paar Adressen«, sagte sie beiläufig.

Ich wehrte empört ab.

»Und eines kann ich dir sagen«, fuhr sie fort, ohne darauf zu achten. »Wenn du einmal damit angefangen hast, kannst du nicht mehr aufhören. Jeden Tag überlege ich mir, was ich noch machen lassen könnte. Es ist wie eine Sucht.«

Ich muss zu meiner Schande gestehen, dass ich mir inzwischen vorstellen kann, was sie damit meint. Die Vorstellung, sich sozusagen neu zu erschaffen, hat was Berauschendes.

Aber vermutlich wird mich meine angeborene Sparsamkeit davor bewahren, mit diesem kostspieligen Hobby anzufangen. Viertausend Mark für ein Pfund abgesaugtes Fett? Da verfress ich mein Geld doch lieber!

Nichts als Verluste

Meine Kinder essen Radiergummis. Sie essen vermutlich auch Bleistiftspitzer, Bastelscheren, Handschuhe, Mützen und Schals – anders ist einfach nicht zu erklären, dass diese Dinge immer und immer wieder spurlos verschwinden, egal, wie viel man davon anschafft.

Am Beginn eines jeden Schuljahres falle ich über den nächsten Schreibwarenladen her und karre ganze Wagenladungen an Radiergummis und Bleistiftspitzern nach Hause, ebenso wie Klebestifte, Scheren und dergleichen mehr. Ich bestücke die Federmäppchen und Bastelkisten, ich beschrifte alles mit einem »P« für Paulina und einem »L« für Leonard – und es dauert maximal zwei Tage, bis Paulina jammert: »Meine Bastelschere ist weg!«

Auf ein gereiztes: »Dann such sie!«, folgt ein weinerliches: »Ich find sie aber nicht!«, gekontert von einem wütenden »Weil du nicht richtig suchst!«

Kinder wissen einfach nicht, wie man sucht. Paulina fahndet an den unmöglichsten Orten nach ihrer Schere; auf dem Klo, im Kühlschrank, im Puppenbett – in ihrer Vorstellung scheinen Gegenstände beweglich zu sein, ein Eigenleben zu haben. Paulina begreift nicht, dass man die Schere nicht an einem Ort finden kann, wo sie noch nie war. Auf die Idee, einfach mal da nachzusehen, wo sie gerade etwas ausgeschnitten hat, kommt meine Tochter nicht. Das Ende vom Lied ist jedenfalls, dass Muttern auf allen Vieren durchs Haus rutscht, unter Sofas und Schränke späht, Schulranzen und Kindergartentaschen durchwühlt und alles findet (vor allem jede Menge Staubmäuse) – nur keine Bastelschere.

Noch nie habe ich im Mäppchen von Leo einen Radiergummi oder einen Spitzer gefunden, obwohl ich schon tausendmal welche reingepackt habe. Auf meine verzweifelte Frage, wo er das Zeug denn bloß lasse, zuckt er desinteressiert die Schultern und sagt: »Weiß nicht.«

Das Gleiche passiert mit Schals, Mützen, Handschuhen, Regenjacken und anderen Kleidungsstücken; kaum ein Tag vergeht, ohne dass irgendein Verlust zu beklagen ist. Besonders ärgerlich: Kaum hat man den übrig gebliebenen Handschuh weggeworfen, taucht der andere wieder auf. Hebt man hingegen den einzelnen Handschuh auf, verliert das Kind mit an Sicherheit grenzender Wahrscheinlichkeit bald darauf einen Handschuh des Ersatzpaares – und ich wette mit Ihnen: Die beiden übrig gebliebenen passen nicht zusammen! Nie! Das ist ein Naturgesetz.

Nun kann ich aber leider nicht behaupten, dass nur meine Kinder Weltmeister im Sachenverlieren sind. Auch bei mir wollen bestimmte Gegenstände partout nicht bleiben, zum Beispiel

Regenschirme. Ich kann gar nicht zählen, wie viele Regenschirme ich schon angeschafft habe; man könnte mühelos die Bevölkerung eines größeren Ortes damit ausstatten.

Jedes Mal, wenn ich etwas verloren habe, bin ich ganz verzweifelt. Nicht, weil ein Regenschirm nicht zu ersetzen wäre. Sondern weil ich mich plötzlich so verlassen fühle. Eine Sache, die zu mir gehört hat, ist nicht mehr bei mir. Es erinnert mich daran, dass wir irgendwann alles hergeben müssen. Dass wir nichts festhalten können, weil Dinge und Menschen nun mal endlich sind. Daran werde ich nicht gerne erinnert.

Mein Kummer ist übrigens nicht proportional zum materiellen Wert des verlorenen Gegenstandes. Als mir einmal ein Hundertmarkschein abhanden kam, habe ich mich zwar tierisch geärgert, aber es war lange nicht so schlimm wie der Verlust einer Halskette, die nur einen Bruchteil davon gekostet hat, mir aber durch eine persönliche Erinnerung wertvoll war.

Meine Kinder sind nie verzweifelt, wenn sie was verloren haben. Es ist ihnen schlicht und einfach sch...egal. Sie haben die Vorstellung, dass alles zu ersetzen wäre. Und sie haben noch keine Vorstellung von der Endlichkeit. Vor allem aber haben sie überhaupt kein schlechtes Gewissen. »Ich hab die Mütze nicht verloren«, erklären sie mir, »die war einfach plötzlich weg!« Ist ja klar, Mützen haben bekanntlich Beine und spazieren manchmal einfach los, weiß doch jeder.

Oder es ist so, wie ich seit längerem vermute: Meine Kinder essen alle diese Dinge einfach auf. Radiergummis, Bleistiftspitzer, Bastelscheren,

Handschuhe, Mützen, Schals... Wenn es nicht so wäre, würde doch wenigstens hin und wieder mal irgendwas wieder auftauchen. Aber nein. Nie taucht irgendwas wieder auf. Außer dem falschen Handschuh...

Glauben Sie doch, was Sie wollen

Glauben Sie an Horoskope? Ich auch nicht. Ich lese sie aber trotzdem. Und wenn's mal wieder heißt: »Die Jungfrau befindet sich in einem Stimmungstief; weder im Job noch in der Liebe scheint es zu klappen, außerdem sollte sie dringend auf ihre Gesundheit achten«, dann lächle ich überlegen und bin froh, dass ich für solchen Hokuspokus nicht anfällig bin. Wenn es hingegen heißt: »Die Jungfrau erlebt einen Höhenflug; im Job wie in der Liebe meistert sie alle Hürden mühelos und ist so fit wie lange nicht«, bin ich geneigt, etwas nachsichtiger zu sein. Dann stelle ich mich flugs auf den Standpunkt, dass man ja soooo genau nicht wissen kann, ob nicht vielleicht doch was dran ist. Auch wenn man eigentlich nicht an Horoskope glaubt.

So ähnlich halte ich's mit der Homöopathie. Eigentlich glaube ich nicht dran, aber erstmal probier ich's aus. (Anhänger dieser Heilslehre behaupten ja, dass die Kügelchen wirken, auch wenn man nicht daran glaubt.) Eines ist zumindest sicher: Schaden kann's nicht. Aus dem selben Grund vermeide ich es, unter Leitern hindurchzugehen, auf Theaterbühnen zu pfeifen, eine schwarze Katze von links nach rechts meinen Weg kreuzen zu lassen oder gar einen Spiegel zu zerbrechen. Natürlich ist das alles abergläubischer Unsinn, aber was schadet es, wenn man ein bisschen Vorsicht walten lässt?

Kürzlich verlor ich meinen Ehering und ich muss gestehen, dass brachte mich ganz schön aus der Fassung. War das nicht ein böses Omen? Ein Zeichen, dass meine Ehe in Gefahr wäre, vielleicht bald schon scheitern würde? (Da bald jede dritte Ehe scheitert, wäre es ziemlich schwierig geworden, herauszufinden, ob's am Ring gelegen hat. Beunruhigt hat es mich trotzdem). Und was soll ich Ihnen sagen? Kurz danach hatten mein Mann und ich einen wahnsinnigen Streit; einen von der Sorte, wo man sich schon mal kurz überlegt, ob's jetzt an der Zeit ist, alles hinzuschmeißen. Natürlich haben wir's nicht getan, aber ich war sehr erleichtert, als der Ring plötzlich wieder auftauchte! Irgendwie fühle ich mich seither sicherer.

Meiner besten Freundin ist sowas Ähnliches passiert: Sie bekam von einer alte Tante, die sie nie besonders gemocht hat, eine wertvolle Armbanduhr geschenkt. Da das edle Stück nicht ganz ihren modischen Vorstellungen entsprach, trug meine Freundin es nicht, sondern verwahrte es in einem Schrank. Kaum war die Uhr ins Haus gekommen, begann eine Serie von Unglücksfällen, für die es keine logische Erklärung gab. Meine Freundin erlitt eine Fehlgeburt, ihr Mann hatte einen schweren Unfall, ständig gab irgendein teures Haushaltsgerät den Geist auf, und schließlich konnte ein Brand in letzter Sekunde verhindert werden. Obwohl sie das Gegenteil von abergläubisch ist, fühlte meine Freundin, dass das Übel von der Uhr ausging und versenkte das wertvolle Stück in einem Fluss. Seither fürchtet sie zwar ständig, von der Tante nach dem Geschenk gefragt zu werden, aber die Unglücksserie hat aufgehört.

»Nichts genaues weiß man nicht« pflegt der Bayer zu Phänomenen dieser Art zu sagen. Soll heißen: Glauben heißt nicht wissen. Oder: Glauben heißt, nicht zu wissen. Wie man's nimmt. Deshalb erscheint mir ein pragmatischer Umgang mit den vielbeschworenen »Dingen zwischen Himmel und Erde« angeraten. Soll doch jeder das glauben, was ihm gut tut. Egal, ob Astrologie, Homöopathie, Schamanismus oder Buddhismus – letztlich geht's immer darum, das Unfassbare fassbar zu machen und etwas zu finden, was unser Erdendasein erträglich macht.

Ich zum Beispiel kann gut mit der Vorstellung leben, dass es nach meinem Dahinscheiden vorbei ist, ratzeputz und ganz und gar. Also empfiehlt es sich für mich nicht, an ein Leben nach dem Tode oder gar die Wiedergeburt zu glauben. Ich lebe mein Leben also mehr aufs »hier und jetzt«, als aufs »irgendwann später« gerichtet. Für andere ist es ein enormer Trost, sich vorzustellen, mal mit dem verstorbenen Opa auf einer Wolke zu sitzen oder in neuer Gestalt auf die Erde zurückzukehren.

Wo keine Gewissheit ist, herrscht die Pluralität der Glaubensbekenntnisse, ein Supermarkt der Möglichkeiten. Ich finde, jeder hat das Recht, sich darin zu bedienen, ohne von anderen schief angesehen zu werden. Denn da keiner was genaues weiß, kann auch niemand für sich in Anspruch nehmen, den »richtigen« Glauben zu haben. Richtig ist der Glaube immer für den, der ihn hat. Deswegen geht mir eigentlich nur eine Sorte von Gläubigen auf die Nerven: Die, die andere missionieren wollen. Die Intoleranz dem Anders- oder Nichtgläubigen gegenüber ist das, was die meisten Kriege in der Menschheitsgeschichte verursacht hat. Dabei haben die meisten Glaubensrichtungen ein und dasselbe Ziel: Das Gute zu mehren. Wenn also jeder jeden das glauben lassen würde, was er möchte, wären wir dem Weltfrieden ein ganzes Stück näher.

Gnädige Lügen

Es ist ein weit verbreiteter Irrtum, dass Menschen es schätzen, mit der Wahrheit konfrontiert zu werden. Das Gegenteil ist der Fall. Die Menschen wollen belogen werden. Sie möchten allerdings dabei das Gefühl haben, es handle sich um die Wahrheit. Das macht die Sache kompliziert.

Nehmen wir ein Beispiel. Unsere Großmutter kommt nach langer Krankheit aus dem Krankenhaus, sieht schrecklich aus und sagt: »Ich sehe bestimmt schrecklich aus.«

Nur wenn die Großmutter einen sehr ausgeprägten Sinn für Humor hat, kann man es wagen, zu antworten: »Stimmt, Oma, du siehst zum Kotzen aus; man sieht, dass du dem Tod gerade nochmal von der Schippe gesprungen bist.«

Das ist, flapsig ausgedrückt, die Wahrheit. Aber würden wir die unserer Oma zumuten?

Nein, vermutlich würden wir sagen: »Du siehst überhaupt nicht schrecklich aus. Ein bisschen mitgenommen vielleicht, aber das wird schon wieder.«

Dann ist Oma getröstet und fühlt sich gleich

viel besser, auch wenn sie insgeheim weiß, dass man sie angeschwindelt hat.

Eine der berühmtesten Lügen ist die Bettlüge. Da haben sich zwei kennen gelernt, rasend ineinander verliebt, und schlafen das erste Mal zusammen. Der Mann kriegt vor Aufregung keinen hoch, die Frau ist entsprechend enttäuscht. Und nun muss sie sagen: »Aber Liebling, das macht doch nichts.« Bestimmt einer der abgedroschensten Sätze überhaupt, und obendrein gelogen. Das weiß die Frau, das weiß der Mann. Trotzdem muss er gesagt werden. Jeder andere Satz würde die Sache noch schlimmer machen.

Jeden Tag kommen wir viele Male in Situationen, in denen wir blitzschnell entscheiden müssen, ob wir der Wahrheit die Ehre geben, und vielleicht dadurch jemanden verletzen; oder ob wir zu einer gnädigen Notlüge greifen, von der alle Beteiligten wissen oder vermuten, dass es eine solche ist.

Was nutzt es, einer Gastgeberin zu sagen, dass ihre Lasagne eine Zumutung war? Das sollten wir nur tun, wenn wir sicher gehen wollen, hier nicht mehr eingeladen zu werden. Oder:

Müssen wir die Qualen einer Freundin vergrößern, die komplett verschnitten vom Frisör kommt? Natürlich könnten wir gnadenlos ehrlich sein und sagen: »Mensch, du siehst ja vielleicht beschissen aus!« Wenn man nicht gerade mit einer sadistischen Ader gesegnet ist, wird man das tunlichst unterlassen, die Zerknirschte stattdessen lieber trösten.

Anders liegt die Sache, wenn man selbst das Opfer missglückter Dienstleistungen geworden ist. Auf die Frage des Kellners, ob es mir geschmeckt habe, pflege ich in der Regel wahrheitsgemäß zu antworten. Wenn der Salat wässrig, das Fleisch halbroh oder das Essen lauwarm war, dann nehme ich mir die Freiheit, das zu sagen. An den überraschten Reaktionen merke ich übrigens, wie selten Gäste offenbar ehrlich sind.

Auch wenn mein Haarschnitt danebengegangen wäre, würde ich nicht zögern zu reklamieren; schließlich habe ich eine Menge Geld dafür bezahlt und einen Anspruch auf die entsprechende Leistung. Wenn's um Professionalität geht, muss ehrliche Kritik erlaubt sein – die muss ich mir schließlich auch gefallen lassen. Natürlich kommt's immer darauf an, wie sie verpackt ist; allzu empfindlich sollte man in jedem Fall nicht sein. Aber dabei geht's ja auch um die Sache, nicht um die Person.

Eine Wahrheit, die uns selbst in Frage stellt, ist aber schwerer zu verkraften. Deshalb ringt man in allen Beziehungen, am meisten aber in Liebesbeziehungen, um den richtigen Weg zwischen Ehrlichkeit und Rücksichtnahme. Jeder Mensch geht uns mal auf die Nerven, sogar der, den wir lieben. Würden wir ihm das immer sofort mitteilen, würde er irgendwann aufhören, an unsere Liebe zu glauben. Auch die Tatsache, dass wir gelegentlich von anderen träumen, muss man dem Partner nicht unbedingt auf die Nase binden. Es würde ihn vielleicht kränken, obwohl unser Seitensprung mit George Clooney den Bereich der Fantasie nicht verlassen hat.

Die Frage, ob Untreue ehrlich gebeichtet oder gnädig verschwiegen werden soll, ist so alt wie

Paarbeziehungen überhaupt. Für manche Menschen ist die Tatsache, belogen worden zu sein, schwer wiegender, als betrogen worden zu sein. Wieder andere ziehen es vor, von möglichen Eskapaden des Partners nichts zu erfahren, solange diese die Beziehung nicht in Frage stellen.

Die meisten Menschen würden von sich behaupten, die Wahrheit erfahren zu wollen. Die wenigsten würden sie verkraften.

Tatsache ist: Die Notlüge ist eine unverzichtbare Stütze unserer Zivilisation. Wenn wir immer ehrlich sagen würden, was wir denken, wären menschliche Beziehungen von vorneherein zum Scheitern verurteilt. Dass wir nicht so schön, klug, erfolgreich, liebenswert, potent oder sexy sind, wie wir gerne wären, wissen wir sowieso. Das wollen wir von den anderen nun wirklich nicht auch noch hören!

Frühjahrsputz und unerwartete Gedanken

Endlich Frühling! Die Vögel singen morgens wieder, Krokusse, Narzissen und die ersten Tulpen trauen sich heraus, Knospen an Büschen und Bäumen – man könnte die Welt umarmen. Plötzlich entdeckt man, dass der Postbote ein ganz hübscher Kerl ist, man beginnt unvermittelt, für einen Filmstar zu schwärmen, oder flirtet beim Einkauf mit dem Filialleiter. Man kriegt unbändige Lust, die Winterklamotten wegzuräumen und sich eine neue Frühlingsgarderobe zuzulegen, man erwägt ernsthaft, eine Bikinidiät zu machen und das ständige Naschen einzustellen. Auch ein neuer Haarschnitt rückt in den Bereich des Möglichen, vielleicht sogar eine Tönung oder eine völlig neue Farbe. Die Lust am Sich-Erneuern packte einen mit der gleichen Wucht, mit der die Natur um einen her sich erneuert; Saft und Kraft schießen in die Zweige und in die Körper. Kein Wunder, dass die Menschen sich im Frühling verlieben.

Die Sonne scheint wieder öfter und länger, bevorzugt allerdings auf verdreckte Fensterscheiben und in staubige Zimmerecken. Gibt es was

Spießigeres als den Frühjahrsputz? Wahrscheinlich nicht. Trotzdem macht man ihn, wo soll man sonst hin mit all der Energie? Also werden Teppiche geklopft, Schränke ausgemistet, längst verloren geglaubtes unter Betten und Sofas hervorgeholt (wie, zum Teufel, kommt die Steuererklärung von 1996 dahin, und wie Opas Taschenuhr?) Warum lagern hinter dem Schuhschrank vier Babyschnuller und ein Pfirsichkern, warum finden sich neben einer Großfamilie von Staubmäusen eine Sherlock-Holmes-Erstausgabe und ein zerdrückter Schokoriegel unter der Kommode? Rätsel über Rätsel, die mal wieder meine alte These stützen, dass Gegenstände ein Eigenleben besitzen und anfangen, sich fortzubewegen, sobald man ihnen den Rücken kehrt.

Beim Sortieren der Kinderkleidung beschleichen einen wehmütige Gefühle. Mein Gott, nun ist Sohnemann aus der Hose auch schon rausgewachsen, obwohl die immer so groß aussah, dass man dachte, er könnte sie noch bei seiner Abiturfeier tragen. Und hier, das Kleidchen! War's nicht vorgestern, dass unsere Tochter es an Weihnachten trug, und nun trägt's die Puppe.

Von ein paar eigenen Stücken trennt man sich auch; von dem weiten lila Pullover zum Beispiel, der einen durch die ganze Studienzeit begleitet hat, sämtliche Umzüge und Moden überlebt hat und jetzt beginnt, sich in seine Bestandteile aufzulösen, seufz!

Oder diese eine, heiß geliebte, abgeschabte Jeans, die immer der Beweis dafür war, dass man seine alte Figur noch hat, und in die man sich nach jeder Schwangerschaft zurückgehungert hat. Jetzt fällt sie auseinander; nicht mal zum Hausputz könnte man sie mehr anziehen, leb wohl!

Beim Fensterputzen überlegt man plötzlich, wie lange man schon in dieser Wohnung lebt, was in diesen Räumen alles passiert ist an Schönem, Traurigem, Bewegendem, Lächerlichem; wie oft man aus diesem Fenster geblickt hat um zu sehen, ob der Liebste schon nach Hause kommt, ob die Kinder von der Schule zurück sind, ob die Nachbarin ihre Blumenkästen schon bepflanzt hat. Oder um sich für einen Moment wegzuträumen aus dem Alltag mit Hausputz, Schränkeausmisten und Klamottensortieren.

Bei den banalsten Tätigkeiten kommen einem unerwartete Gedanken; man spürt das Verrinnen der Zeit, fragt sich, ob es das richtige Leben ist, das man führt, oder ob man sich nicht ein Leben ohne täglichen Abwasch und Kehrwoche gewünscht hätte. Und stellt einmal mehr fest, dass alles eine Frage der Einstellung ist. Wenn man seinen Alltag vom Abwasch bis zum Frühjahrsputz als lästige Zumutung empfindet, dann ist er das auch. Wenn man es dagegen schafft, diese ungeliebten Tätigkeiten mit Sorgfalt und Liebe auszuführen, dann werden sie gleich erträglicher, können manchmal sogar Spaß machen.

Wenn man jeden Streit mit dem Liebsten als Beleg für eine misslungene Partnerwahl ansieht, muss man sich wahrscheinlich bald einen anderen suchen. Wenn die Streits hingegen dazu beitragen, die Atmosphäre zu reinigen und neuen Schwung in die Beziehung zu bringen, dann kann man sie postiv werten, als Beleg für eine lebendige Partnerschaft.

Und wenn mal gar nichts hilft, weil Haushalt, Beziehungsstress und Kinderkram einem über den Kopf zu wachsen drohen, dann kann man sich irgendeine dieser banalen Tätigkeiten suchen, die den Kopf nicht belasten (Staub saugen, bügeln, flicken, Wäsche zusammenlegen), die Gedanken fliegen lassen, und ein bisschen vom hübschen Postboten träumen, oder von diesem gutaussehenden Filmstar…

Das Leben ist eine Bushaltestelle

Kaum sind wir auf der Welt, geht es schon los. Immerzu müssen wir auf irgendetwas warten. Auf was zu Essen. Auf jemanden, der uns aus dem blöden Gitterbett holt. Auf ein bisschen Unterhaltung. Wir warten darauf, dass wir in den Kindergarten kommen. In die erste Klasse. Wir warten auf Weihnachten. Auf unseren nächsten Geburtstag. Auf den Anruf der Freundin. Auf eine Lehrstelle. Auf einen Studienplatz. Den ersten Liebesbrief. Den Heiratsantrag. Auf unser erstes Kind. Auf das Zweite. Auf den nächsten Urlaub, die nächste Gehaltserhöhung, die nächste Folge der Lieblingsserie…

Das Leben ist keine Baustelle, sondern eine Bushaltestelle. Die meiste Zeit wartet man.

Manchen Menschen macht das nichts aus. Die warten stoisch, bis ihr Bus kommt. Sitzen stundenlang in Wartezimmern und lesen in Zeitschriften. Stehen entspannt in Warteschlangen und sehen ungerührt zu, wie die Nebenschlange sich viel schneller bewegt. Fahren Stunden vor dem Abflug zum Flughafen und sitzen endlos in irgendwelchen Wartesälen herum.

Sind diese Leute bereits im Besitz höherer spiritueller Weisheit, oder sind sie einfach nur lahme Schnecken? Mich treiben sie jedenfalls zum Wahnsinn. Wer hat zum Beispiel gesagt, dass man auf einer Rolltreppe nicht gehen kann, sondern blöd rumstehen muss, bis einen die Treppe nach oben oder unten getragen hat? Oder dass man auf diesen Rollbändern am Flughafen mit dem Gepäckwagen den Durchgang blockieren muss, statt den Wagen einfach auf dem Band weiterzuschieben?

Unser letztes Aupair-Mädchen brauchte so lange, um einen Teller abzudecken, wie ich, um den ganzen Tisch abzuräumen. Nach drei Tagen habe ich sie nach Hause geschickt. Sie kann mir dankbar sein, denn wäre sie geblieben, hätte mich ihre Lahmarschigkeit wohl derartig zur Weißglut gebracht, dass ich sie erwürgt hätte.

Ich muss alles schnell machen, ich kann nicht anders. Ich gehe schnell, ich spreche schnell, ich lese schnell, ich denke schnell. Nicht, dass ich nicht manchmal auch vorschnell wäre – keine Frage, das passiert mir durchaus. Aber gegen das eigene innere Tempo ist man machtlos, und meines ist nun mal auf Turbo geschaltet.

Deshalb macht Warten mich wahnsinnig. Es macht mich ungeduldig, nervös, aggressiv.

Wenn man mal zusammenrechnet, wie viel Zeit man vor verschlossenen Toilettentüren, gemächlich arbeitenden Geldautomaten, unterbesetzten Postschaltern, an roten Ampeln und in schlecht organisierten Arztpraxen verplempert – nicht auszudenken!

Schon das Warten auf den Espresso, der aus

der Maschine läuft, stellt meine Geduld auf eine harte Probe. Tee, der länger als drei Minuten ziehen muss, kommt mir nicht ins Haus. Filme werden aufgenommen, damit man bei der Werbung vorspulen kann. Eine Herausforderung ist mein Computer, der Stunden braucht, bis er hochgefahren ist. Naja, mir kommt es jedenfalls vor wie Stunden. Die Einwahl ins Internet begleite ich mit nervösem Trommeln der Fingerspitzen. Wenn ich beim Telefonieren in einer dieser musikalischen Warteschleife lande, erhöht sich mein Blutdruck. Verspätungen im Flug- oder Bahnverkehr ertrage ich nur mit höchster Beherrschung und der wiederholten Mahnung an mich selbst, dass es auch nicht schneller geht, wenn ich mich aufrege.

Natürlich versuche ich ständig, unnötige Warterei zu vermeiden. Bin also immer auf den letzten Drücker am Bahnhof, buche Anschlussflüge so knapp wie möglich, komme gerade noch pünktlich zu Terminen und Verabredungen. Für meine Mitmenschen ohne Turboantrieb ist das natürlich eine Qual; mein bedauernswerter Mann ist ein Nervenbündel, wenn er mit mir verreisen muss.

Die einzige Chance für Hochgeschwindigkeitsfanatiker wie mich ist, Wartezeiten mit irgendwas auszufüllen, so dass sie einem nicht völlig sinnlos erscheinen. Natürlich habe ich immer ausreichend Lesestoff bei mir, oder ein Notizbüchlein für brauchbare Einfälle. Zwischen zwei Terminen mache ich noch schnell meinen Wochenendeinkauf oder lasse mir die Haare schneiden. Ein kleiner Trost ist auch das Handy; man kann telefonieren, Nummern einspeichern oder löschen, Kurzmitteilungen schreiben oder Spiele spielen. Obwohl es mich schon nervt, darauf zu warten, bis das Ding endlich die PIN-Nummer akzeptiert und sich ein Netz gesucht hat.

Warum nur dauert alles so lang, nur das Leben ist so kurz?

Nette Nachbarn, böse Nachbarn

Freunde kann man sich aussuchen. Nachbarn nicht. Und ich weiß nicht, woran es liegt, aber immer ist bei den Nachbarn einer dabei, mit dem nicht gut Kirschen essen ist.

In meiner ersten eigenen Wohnung war es eine neugierig-boshafte Hausmeisterin, die den ganzen Tag nichts anderes tat, als den anderen Mietern nachzuspionieren. Mich hatte sie besonders auf den Kieker; weil ich jung war, weil ich Spaß am Leben hatte, weil ich mich nicht an die spießigen Gepflogenheiten des Hauses hielt. Keine Stores an den Fenstern? Skandal! Ein handbemalter VW-Käfer vor der Tür? Eine Schande für die ganze Straße! Besuch von jungen Menschen männlichen Geschlechts? Ja, sind wir denn ein Freudenhaus?

Ich werde nie vergessen, wie froh ich an dem Tag war, als ich endlich auszog!

Was ich damals noch nicht wusste: Egal, wohin man zieht – die Nachbarn sind schon da. Oft sind es nette Nachbarn, keine Frage. Aber immer gibt es auch die nervigen, neugierigen, übergriffigen, pedantischen und intoleranten. Und dann bewahrheitet sich die alte Weisheit:

Es kann der Frömmste nicht in Frieden leben, wenn es dem bösen Nachbarn nicht gefällt.

In Australien, wo auf einen Quadratkilometer anderthalb Farmer kommen, dürften Nachbarschaftsstreitereien nicht allzu häufig sein. Hierzulande, wo man Tür an Tür, Gartenzaun an Gartenzaun, auf jeden Fall viel zu eng aufeinander hockt, da werden aus Nachbarn schnell die erbittertsten Feinde. Über die Gründe kann man bei gesundem Menschenverstand eigentlich nur lachen: Weil Kinder manchmal laut sind. Weil ein Zweig überhängt. Weil eine Hecke Blätter abwirft. Weil ein Schuppen zehn Zentimeter zu nah an der Grenze steht. Weil ein Hund bellt. Weil Schnecken keine Grundstücksgrenzen kennen.

Wegen solcher Lappalien ziehen Nachbarn vor Gericht, bekriegen sich über Jahre, investieren jede Menge Zeit und Geld. Ganz egal, wie solche Streitigkeiten schließlich ausgehen, das nachbarschaftliche Verhältnis ist im Eimer. Man grüßt sich nicht mehr, sieht mit finsterer Miene aneinander vorbei, der eine triumphierend (weil er vor Gericht obsiegt hat), der andere frustriert (weil er unterlegen ist). Nicht selten kommen die Streithähne einem Gerichtsbeschluss auch zuvor; immer wieder liest man ja diese gruseligen Meldungen von Nachbarn, die mit der Gartenhacke oder der Kreissäge aufeinander losgegangen sind.

Ich habe immer gedacht, mir kann sowas nicht passieren. Ich komme mit meinen Mitmenschen gut aus, bin friedfertig und harmoniebedürftig. Aber dann musste ich erfahren, dass es gar nicht an mir liegen muss, wenn Unfrieden in mein Leben einzieht. Es reicht, wenn ein anderer mit mir streiten will, so wie mein Nachbar, nennen wir ihn Herrn M.

Herr M. scheint es zu genießen, wenn er im Clinch mit seinen Mitmenschen liegt. Seit sechs Jahren verlangt er zum Beispiel aus uns unerfindlichen Gründen, dass wir die Hecke entfernen, die unser Grundstück von seinem trennt. Eine Hecke, die übrigens nicht mal wir gepflanzt haben, sondern der Vorbesitzer. Und zwar mit Einwilligung unseres Nachbarn. Die Akte umfasst inzwischen zwei dicke Ordner. Offenbar hat Herr M. Freude daran, in langweiligen Papieren zu wühlen, endlose Klagebegründungen zu verfassen, mit der Fotokamera unter der Hecke zu liegen, um zu beweisen, dass diese zu nah am Zaun steht. Herr M. wirkt nicht so, als hätte er sonst viel Freude im Leben. Missmutig stapft er durch seinen Garten und starrt jeden Käfer so wütend an, als überlegte er, ihn zu verklagen. Jedes Mal, wenn er auf seiner Terrasse sitzt, schaut er beleidigt auf die inkriminierte Hecke, statt sich zu freuen, dass die Sonne scheint. Statt froh zu sein, dass er eine hübsche Doppelhaushälfte bewohnt, in einem idyllischen Dorf, umgeben von netten Nachbarn. (Ja, die anderen *sind* zum Glück nett!)

Ich glaube, der Mann will nicht froh sein. Er will sich ungerecht behandelt und zu kurz gekommen fühlen. Er will, dass auch niemand in seiner Umgebung froh ist. (Seine Frau macht auch nicht gerade einen glücklichen Eindruck.) Und ich muss mich mit all dem befassen, ob ich will oder nicht. Muss wertvolle Lebenszeit damit vertun, irgendwelche Akten aus irgendwelchen

Ordnern zusammenzusuchen, muss mit Anwälten sprechen, zu Gerichtsterminen gehen.

Das Schlimme ist: Man ertappt sich plötzlich dabei, wie man selbst ganz eklig und kiebig wird, genauso, wie man nie sein wollte. Und man hasst den anderen dafür, dass er einen so werden lässt. Irgendwann war ich so wütend, dass ich doch erwogen habe, zur Gartenhacke zu greifen. Ich habe mich dann eines Besseren besonnen, und einen Krimi geschrieben.

Er handelt von vier Frauen, die eines Tages beschließen, ihren widerlichen Nachbarn ein für alle Mal zu erledigen. Seit ich mir meinen Zorn von der Seele geschrieben habe, geht's mir besser. Jedes Mal, wenn ich meinen Nachbarn jetzt sehe, denke ich: Ach, du Ärmster, du weißt ja gar nicht, dass du in Wahrheit längst auf dem Grunde des Waldweihers liegst!

Mutter ist die Schnellste

Was braucht die moderne Mutter von heute am dringendsten?

Humor? Geduld? Nervenstärke? Geschenkt. Wirklich wichtig sind: Der Führerschein und ein fahrbarer Untersatz.

Die Kids von heute haben Terminpläne wie Manager, aber leider keinen Dienstwagen. Deshalb brauchen sie einen Chauffeur, der sie bereitwillig vom Malkurs ins Fußballtraining, von der Klavierstunde in den Ballettunterricht und von einem Freund zum anderen fährt – und dieser Chauffeur heißt Mama.

Wie die Paschas thronen die viel beschäftigten Fahrgäste auf ihren Kindersitzen und geben dem Fahrer Anweisungen:

»Schneller, Mama! Wieso überholst du den Idioten nicht? Fahr doch einfach rechts vorbei!« und so fort.

Währenddessen verteilen sie die Krümel der Kekse, die man ihnen zwecks Ruhigstellung verabreicht hat und verschmieren mit klebrigen Pfoten die Scheibe. Die Tatsache, dass die mütterliche Autorität durch die Konzentration aufs

Fahren eingeschränkt ist, wird schamlos ausgenutzt. Es wird gemotzt, gestritten und genervt; man kann von Glück sagen, wenn die lieben Kleinen nicht anderen Verkehrsteilnehmern den Stinkefinger oder sonstige justiziable Körperteile zeigen.

Bei längeren Fahrten gilt es, ein Unterhaltungsprogramm anzubieten; es empfehlen sich, je nach Alter, »Bibi Blocksberg« oder »Backstreet Boys« – Kassetten in größerer Anzahl, sowie eine Sammlung Malbücher und Mini-Puzzles.

Leider wird den meisten Kindern schlecht, wenn sie allzu lange auf ihr Malbuch statt aus dem Fenster sehen. Pausen zum Zwecke der Frischluftzufuhr sind also anzuraten, desgleichen die Vermeidung allzu kurvenreicher Strecken. Sobald es von hinten heißt: »Mama, ich glaube, mir ist...«, sollte man eine Vollbremsung einlegen. Meist ist es dann allerdings schon zu spät.

Wenn man Glück hat, darf man außer den eigenen auch noch ein paar Nachbarskinder chauffieren, was interessante Einblicke in anderer Leute Familienleben ermöglicht.

»Heute Nacht hat Papa auf dem Sofa geschlafen«, erfährt man da zum Beispiel, oder: »Meine Mama kann überhaupt nicht kochen, hat Oma gesagt!«

Und dann sehen sich die kleinen Gäste meist kritisch um und verkünden: »Wir haben aber ein viel tolleres Auto!«

Es folgt ein Fachgespräch über die Vorteile eines BMW-Cabrios im Vergleich zu dem stinklangweiligen Kombi, in dem man leider gerade sitzt.

Ist die Brut am Zielort abgeliefert, heißt es, die Zeit bis zum Ende des Musik- oder Ballettunterrichtes sinnvoll zu füllen.

Die moderne Mutter rast also los und versucht, den gesamten Wochenendeinkauf in das Stündchen zu pressen, was zu erheblichen Stresserscheinungen und einem Knöllchen für den in zweiter Reihe geparkten Wagen führt.

Zurück beim Auto wird gestritten, wer aufschließen darf, wer auf welcher Seite sitzen darf, und wer beim nächsten Tanken die Tankkarte einschieben darf. An der Tankstelle beginnt lautstarkes Geschrei nach Eis. Wer schon mal versucht hat, Schokoladeneisflecken aus grauen Sitzpolstern zu entfernen, kann sich die mütterliche Begeisterung angesichts dieses Wunsches lebhaft ausmalen. Man einigt sich also auf Kaugummi.

»Aber nur, wenn ihr versprecht...!«

»Jaaa, Mama!«

Zuhause angekommen, sind sämtliche Kaugummis verschwunden. Nach und nach tauchen sie wieder auf: Einer in der zusammengeklebten Faust des Babys, der zweite in der Schließe des Sicherheitsgurtes, der dritte... naja, lassen wir das.

Also, nochmal: Was braucht die moderne Mutter von heute am dringendesten? Genau.

Ein abgekartetes Spiel

»Das ganze Leben ist ein Quiz, und wir sind nur die Kandidaten«, hat mein Lieblingsfernsehblödian Hape Kerkeling mal gesungen, aber er hat sich geirrt. Das Leben ist ein Kartenspiel; und zwar nicht so eins wie Poker, Mau-Mau oder Siebzehn-und-vier, sondern mehr so eine Art Quartett. Es kommt darauf an, möglichst viele elektronische Chipkarten zu sammeln.

Es hat ganz harmlos angefangen vor ein paar Jahren, mit der EC-Karte. Prima Erfindung, dachten wir uns, oben steckt man 'ne Karte in den Automaten, und unten kommt Geld raus. Kleine Tücke am Rande: Der PIN-Code, jene vierstellige Nummer, die man sich ums Verrecken nicht merken konnte, und die man deshalb entgegen aller Warnungen der Geldinstitute auf ein kleines Zettelchen schrieb und mit der Karte gemeinsam verwahrte.

Inzwischen sind wir geübter, denn wir müssen uns nicht mehr nur einen, sondern jede Menge PIN-Codes merken, weil wir ja ein zweites Konto haben, ein Handy, ein elektronisches Fahrradschloss, ein Bankschließfach und einen mittels

PIN-Code verschließbaren Rollenkoffer. Aber man wächst ja bekanntlich an seinen Aufgaben.

Natürlich haben wir auch nicht mehr eine Chipkarte, sondern je nach Wichtigkeit des Besitzers zwischen zwei und zwanzig, als da wären: Mehrere EC-Karten, die Kreditkarte von Visa, die Kreditkarte von American Express, die Kundenkarte von Karstadt-und-Hertie, die goldene Kundenkarte des Kaufhof, die ADAC-Mitgliedskarte, die Bahncard mit Kreditkartenfunktion, die Miles-and-More-Karte der Lufthansa oder die Frequent-Travellerkarte mit oder ohne Kreditkartenfunktion, die Patientenkarte der Krankenversicherung, die elektronische Tankkarte, Telefonkarten undsoweiterundsofort.

Der Geldbeutel von früher ist einer Art Lederleporello gewichen, in der alle diese Karten Platz haben, und wie bei einem Taschenspielertrick mit elegantem Schwung entfaltet werden können. Das setzt allerdings einige Übung voraus, da die Karten – wie beim richtigen Kartenspiel – dabei gerne durch die Luft fliegen, und das macht keinen so eleganten Eindruck.

Grundsätzlich teilen sich Chip-Karten in drei Sorten auf: Die, mit denen man was bezahlen kann. Die, bei denen man was kriegt. Und die, mit denen beides geht.

Eine besondere Gemeinheit sind sie Karten der zweiten Kategorie: Sie gaukeln uns vor, dass sie uns einen Vorteil verschaffen; einen Rabatt, eine Gutschritt oder so genannte Meilen, die wir irgendwann in einen Freiflug umtauschen können. Nehmen wir die Karstadt-und-Hertie-Kundenkarte. Die muss man beim Bezahlen herzeigen, dann kriegt man elektronisch Punkte gutgeschrieben, und am Ende des Jahres erhält man einen Rabatt. Je grösser der Einkauf, desto höher die Punktzahl, ist ja klar. Aber was passiert, wenn ich vergesse, die Karte herzuzeigen und fünf Minuten später an die Kasse zurückrenne und flehe, dass man mir diesen Einkauf doch bitte schön noch gutschreiben möge? Dann lächeln die Damen am Schalter höflich, aber mitleidslos. Wenn der Zahlungsvorgang abgeschlossen ist, hat man Pech gehabt. Rien ne va plus. (Das hat sich inzwischen geändert – man bekommt die Punkte auch nachträglich noch gutgeschrieben!)

Bei der Lufthansa kann man gegen Einsendung der Bordkarte die Meilen nachträglich gutschreiben lassen. Nur, wer hebt schon seine Bordkarte auf?

Um uns bei Laune zu halten, geben viele dieser Unternehmen ein eigenes Magazin heraus, in dem wir die tollsten Angebote finden: Eine Kulturreise durch Marokko. Karten für die Aida in Verona. Eine Golfausrüstung. Ein Ayurveda-Wochenende im Allgäu. Eine Einladung zu einem Börsen-Seminar im Schwarzwald. Natürlich exklusiv nur für Besitzer dieser einen Karte, for members only. Das verschafft uns die Illusion, Mitglied eines ganz besonderen Clubs zu sein, auch wenn wir weder Golf spielen, noch uns für die Börse interessieren oder die Aida hören wollen. Auch sonst steht in diesen Magazinen lauter unwichtiges Zeug, das man sofort vergisst, nachdem man es gelesen hat.

Eigentlich soll die ganze Kartenwirtschaft dazu dienen, uns das Leben leichter zu machen.

Deshalb rede ich jetzt nicht von den Momenten, in denen die Karten nicht funktionieren, weil der Magnetstreifen verkratzt ist. Oder in denen der Geldautomat sie schluckt, weil man versehentlich die PIN-Codes von Fahrradschloss, Handy oder Rollenkoffer eingegeben hat. Ich beklage mich nicht darüber, wie leicht so ein Kärtchen verloren geht, in irgendeinen Spalt rutscht, ins falsche Fach gerät, sich in den Tiefen einer Damenhandtasche versteckt.

Ich gehöre auch nicht zu den Leuten, die immer finden, früher sei alles besser gewesen. Aber, mal ganz ehrlich, war das nicht schön, als man noch echtes Geld in der Tasche hatte, und ein Heftchen, in das man die Rabattmarken einkleben konnte, mit gaaaanz viel Spucke?

Der wichtigste Mann im Leben

Der wichtigste Mann im Leben einer Frau ist – nein, nicht ihr Ehemann. Auch nicht der Psychoanalytiker. Es ist ihr Frisör.

Nichts ist besser fürs Selbstbewusstsein als ein guter Haarschnitt. Deshalb suchen wir gerade in Krisenzeiten gerne den Seelentröster mit der Schere auf. Wenn wir zum Beispiel eine Trennung hinter uns haben, und alle Ablenkungsmanöver vom exzessiven Klamotten-Einkauf bis zum nächtelangen Disco-Hopsen nicht wirken, dann hilft nur eins: Eine neue Frisur, möglichst radikal anders als die, die wir bisher hatten. Denn mit dem Haar wird auch ein Stück Vergangenheit abgeschnitten, mit dem veränderten Aussehen ein neuer Lebens»abschnitt« eingeläutet.

An der Frisur kann man oft den Seelenzustand von Frauen ablesen. Eine Freundin von mir ließ sich eines Tages ihr Haar ganz kurz schneiden, scheinbar ohne äußeren Anlass. Bald darauf entwickelte sie einen unersättlichen Lebenshunger und begann, Abend für Abend auf die Piste zu gehen. Oft schlief sie nicht mehr als zwei oder drei Stunden, trotzdem arbeitete sie und versorgte ihre Familie. Nicht schwer zu raten, woher die Kraft kam: Sie hatte einen Liebhaber. Ihre Ehe drohte auseinanderzubrechen. Eines Tages bemerkte ich, dass sie ihr Haar wieder wachsen ließ. Inzwischen ist es wieder so lang wie vor ihrem »Ausbruch«, und meine Freundin und ihr Mann sind dabei, sich wieder anzunähern.

Ein Besuch beim Frisör ist viel mehr als Waschen und Schneiden; er ist Balsam für die Seele. Wir werden freundlich begrüßt, kriegen einen Kaffee, und blättern noch ein bisschen in all den wunderlichen Klatschpostillen, die wir sonst nie lesen würden. Auf diese Weise erfahren wir die neuesten Schandtaten des Pinkel-Prinzen, alles Wissenswerte über die Becker-Scheidung, und wer von wem ein Baby kriegt.

Gepflegte, wohlriechende Mädchen geleiten uns zum Waschbecken, wo wir uns entspannt zurücklehnen und eine köstliche Kopfhautmassage erhalten. Anschließend werden uns allerhand duftende Essenzen ins Haar gerieben, auf dass es voluminös und leicht kämmbar werde.

An dieser Stelle entscheidet sich, ob unsere Stimmung so gut bleibt, wie sie bisher war. Wenn wir nämlich jetzt, wo unser Aussehen dem einer nassen Ratte ähnelt, zu lange herumsitzen und die Blicke der anderen Kundinnen aushalten müssen, fällt das Wohlgefühl schnell in sich zusammen. In einem gut geführten Frisörgeschäft müssen wir nicht länger als ein paar Minuten warten, und wenn der Meister dann angeschwebt kommt, gleicht sein Auftritt dem Erscheinen des Messias. Der Retter ist da. Er wird uns befreien von dem Gefühl, nicht mehr attraktiv und begehrenswert zu sein. Er wird zuhören, wenn wir ihm von der Trennung erzählen, von unserem letzten Krach mit dem Chef, oder von den Schulproblemen der Kinder. Er wird milde und verständnisvoll lächeln, während er uns in die wunderbare Frau verwandelt, die wir immer schon sein wollten. Und die wir tatsächlich sind, wenn wir den Salon verlassen.

Diese Hochstimmung! Dieses unvergleichlich leichte, frische Gefühl am Kopf! Immer wieder versuchen wir, einen Blick in ein Schaufenster zu erhaschen, in dem wir uns spiegeln und unsere neugewonnene Schönheit bewundern.

Leider hält die Euphorie meist nur bis zur nächsten Haarwäsche. Nie kriegen wir diesen Schwung in die Frisur, den der Meister mit leichter Hand hineingezaubert hat, während wir uns verrenken, um gleichzeitig mit Föhn und Rundbürste zu hantieren, und andauernd absetzen müssen, weil uns die Arme taub werden. Am Hinterkopf wellt sich's stur nach außen, während die Spitzen sich sonst wohin kringeln, bloß nicht dahin wo sie sollen. Und der Oberkopf bleibt platt, obwohl wir ondulieren und toupieren was das Zeug hält.

Und so leben wir unser Leben weiter, trennen und verlieben uns, streiten mit dem Chef, machen Hausaufgaben mit den Kindern. Alle Niederlagen, das spüren wir undeutlich, haben etwas damit zu tun, dass unsere Frisur nicht so sitzt, wie sie sollte. Das heißt, an manchen Tagen tut sie es, ganz unerwartet und ohne dass wir was gemacht hätten. Leider ist das dann gerade der Tag, den wir uns für den Hausputz vorgenommen haben. An dem Abend hingegen, an dem die lang ersehnte Party stattfindet, da hat sich jedes einzelne Haar gegen uns verschworen, und so sehen wir auch aus.

So nach fünf, sechs Wochen wächst in uns mal wieder der Entschluss, unser Leben zu ändern. Wie genau, das wissen wir noch nicht. Wollen wir den Mann wechseln, den Beruf, oder vielleicht die Stadt? (Mit den Kindern ist es ja nicht ganz so einfach...) Wir werden sehen. Nur eines ist klar: Unser neues Leben beginnt mit einem Frisörbesuch.

Warum Urlaub so anstrengend ist

Endlich sind sie da, die heißersehnten schönsten Wochen des Jahres – der Urlaub!

Monatelang freut man sich darauf, teilt die Zeit ein in »vor dem Urlaub« und »nach dem Urlaub«, genießt die neidischen Kommentare seiner Mitmenschen, wenn sie erfahren, dass die Abreise kurz bevor steht, und packt in Gedanken x-mal seinen Koffer. Wie viel »für gut« braucht man? Ist das Hotel so ein vornehmes, wo die Gäste im Abendkleid zum Essen kommen, oder ist es leger, mehr was für Jeans und T-Shirt? Wir wird das Wetter? Kann's um die Jahreszeit nicht auch mal windig sein oder gar regnen? Schuhe! Schuhe sind das größte Problem; einerseits will man die todschicken Riemchensandalen endlich mal ausführen, andererseits ist es am Meer ja doch überall sandig und man ruiniert die teuren Dinger.

Was die Vorfreude trübt, ist der Einkauf von Badekleidung. Da steht man in diesen neonbeleuchteten Umkleidekabinen, der winterweiße Speck quillt aus dem Bikinibund, und man möchte am liebsten statt der Schlemmerreise ins Elsass eine Nulldiät am Attersee buchen. Warum kann in diesen verdammten Kabinen kein schmeichelhaft-warmes Licht sein, das unsere körperlichen Schwächen gnädig überspielt, statt sie zu betonen? Ich würde dreimal so viele Bikinis kaufen, wenn ich das Gefühl haben könnte, ich sehe gut darin aus.

Nächster Gang: In die Buchhandlung. Das schönste am Urlaub ist doch, dass man Zeit zum Lesen hat. Soll man sich jetzt endlich mal den Fünfhundertseitenwälzer reinziehen, der im »Literarischen Quartett« so hoch gelobt wurde? Oder greift man lieber zu leichterer Kost; einem Krimi vielleicht, einem Beziehungsroman, unterhaltsamen Kurzgeschichten? Angesichts der 20-Kilo-Begrenzung fürs Gepäck siegt meist das Leichte im Taschenbuchformat; und man will sich im Urlaub ja auch nicht überanstrengen.

In den Tagen vor der Abreise steigt das Reisefieber; hektisch werden letzte Einkäufe erledigt (Sonnenschutzmittel, Mückenabwehrspray, Stromadapter, Reiseführer), die Zeitung wird abbestellt, das Haustier und die Topfpflanzen beim Nachbarn untergestellt. Die Nacht vor der Abreise verbringt man schlaflos. Hat man an alles gedacht? Das turkmenisch-deutsche Taschenlexikon? Die Durchfallprophylaxe? Die Ersatzbatterie für die Fotokamera?

Auf dem Weg zum Flughafen ist man plötzlich überzeugt, eine Herdplatte angelassen zu haben, vielleicht auch das Bügeleisen. Der Nachbar mit Ersatzschlüssel wird alarmiert, kurz vor dem Einchecken kommt Gottseidank die Entwarnung.

Wenn man dann noch die zweistündige Verspätung, die engen Sitze, den dauerqualmenden

Sitznachbarn, das Flugzeug-Essen und die brüllenden Kleinkinder an Bord überstanden hat, können sie endlich beginnen, die schönsten Wochen des Jahres.

Doch was ist das? Die Erholung will sich nicht einstellen. Alles scheint sich plötzlich gegen uns verschworen zu haben.

In unserem Kopf sind diese Bilder von einsamen Stränden, romantischen Hotels und traumhaften Landschaften, wie sie noch auf dem Flug im Bordfernseher gezeigt wurden. Und nun hat das Zimmer keinen Meerblick, die Matratze ist durchgelegen, der Pool nicht halb so groß, wie er im Katalog gewirkt hat. Das Essen hier ist gar nicht unser Fall, und das Schlimmste: Alles ist voller Touristen!

Verzweifelt versuchen wir, unser inneres Bild von einem gelungenen Urlaub mit den äußeren Gegebenheiten in Einklang zu bringen. Wir haben einen Traumurlaub gebucht, wir haben ihn bezahlt, und zu unserer Überraschung stellen wir fest, dass wir uns einfach nur an einem anderen Ort befinden, der Vorteile und Nachteile hat, wie jeder Ort auf der Welt. Dass wir nicht plötzlich zu einem anderen Menschen werden. Dass der Bikinibund immer noch kneift. Dass der Partner auch hier ein Morgenmuffel ist. Dass wir schlicht und einfach nicht im Paradies gelandet sind, wie uns die Katalogwerbung suggeriert hat. Und dass wir in diesen zwei Wochen nicht den Stress eines ganzen Jahres abstreifen werden.

Das größte Problem am Urlaub sind unsere überhöhten Erwartungen. Bei dem, was wir uns erträumen, muss fast jeder Urlaub zwangsläufig zur Enttäuschung werden. Ich habe mir deshalb angewöhnt, nicht mehr von »Urlaub machen« zu sprechen (und zu denken), sondern von »eine Reise machen.« Darin steckt viel mehr von den Unwägbarkeiten und Überraschungen, die ein Ortswechsel, ganz gleich wohin, mit sich bringt. Auf einer Reise darf mal etwas nicht perfekt sein. Und wenn ich mich nicht darauf verlasse, dass andere alles für mich regeln, dann werde ich schon die ruhige Bucht finden, von der ich geträumt habe, oder das romantische Fischerdorf. Voraussetzung dafür ist natürlich, dass ich selbst Initiative ergreife, das Hotelghetto mal verlasse, meine eigenen Wege gehe. Und je kleiner meine Erwartungen sind, desto größer werden die angenehmen Überraschungen!

Hilfe, bei mir piept's

Bis vor ein paar Jahren haben nur Mäuse gepiepst. Dann wurde der Anrufbeantworter erfunden, und seither spricht der Mensch brav nach dem Piepston. Davon waren die Techniker so begeistert, dass sie seither alles Mögliche erfinden, das piepst. Erstaunlicherweise piepst es oft, ohne dass man irgendwas getan hat. Man hat keine Telefonnummer gewählt, auf keinen Knopf gedrückt, man hat nichts ein- oder ausgeschaltet, und trotzdem piepst es. Die Menschen scheinen das zu mögen, denn sie kaufen alle diese piepsenden Geräte und tanzen fortan nach ihrer Pfeife, äh, ihrem Piepston.

Ich sitze am Schreibtisch und schreibe, was ja mein Beruf ist. Plötzlich piepsts. Ganz schwach, ganz leise, von weit her. Geht mich nichts an, denke ich, und schreibe weiter. Das Piepsen hört nicht auf. Schließlich denke ich: Geht mich doch was an, und versuche, den Piepston zu orten. Ich gehe die Treppe runter, der Ton wird lauter. Flur, Küche, Wohnzimmer – der Ton bleibt gleich. Runter in den Keller. Aha, der Ton wird lauter. Des Rätsels Lösung: Der Gefrierschrank beschwert sich piepsend darüber, dass irgendjemand seine Tür nicht richtig geschlossen hat. Danke, Gefrierschrank!

Wieder am Schreibtisch. Es piepst. Geht mich nichts an, denke ich, und schreibe weiter. Das Piepsen hört nicht auf. Geht mich doch was an, denke ich schließlich und mache mich wieder auf die Suche. Schlafzimmer, Kinderzimmer, Badezimmer. Das Piepsen wird lauter, klingt aber irgendwie gedämpft. Unter einem Haufen Handtücher finde ich die Sportuhr meines Mannes, der aus unerfindlichen Gründen für 11.27 Uhr die Weckfunktion eingestellt hat, obwohl er gar nicht zu Hause ist. Ist das vielleicht eine Botschaft für mich? So nach dem Motto: Ich bin zwar nicht zu Hause, aber ich denke an dich. Und du sollst auch an mich denken, und zwar genau um 11.27 Uhr. Danke, Peter!

Vorsichtshalber mache ich mich auf die Suche nach meiner Sportuhr. Ist natürlich verschollen, meldet sich aber freundlicherweise im Laufe des Tages mit einem kräftigen Piepsen. Hallo, hier bin ich! Danke, Sportuhr!

Wieder am Schreibtisch. Es piepst. Diesmal kann's mich doch nun wirklich nichts angehen, denke ich. Das Piepsen hört nicht auf. Geht mich also doch was an denke ich, und bin ein bisschen genervt. Mache mich erneut auf die Suche. Lande wenig später wieder im Keller, wo mich der Wäschetrockner freundlicherweise darauf hinweist, dass er die Wäsche getrocknet hat. Danke, Wäschetrockner!

Wieder am Schreibtisch. Das Schreiben geht etwas zäh voran; ständig warte ich auf das nächste

Piepsen. Nichts geschieht. Als ich gerade aufgehört habe, daran zu denken, piepst es. Diesmal ganz nah, direkt neben mir. Ich fahre hoch, wie von der Haselmaus gebissen. Hektisches Wühlen in Schreibtischschubladen. Es piepst wieder. Hah, erwischt! Das Handy in meiner Handtasche teilt mir mit, dass der Akku im Begriff ist, sich zu entleeren. Danke, Handy!

Ich überlege, was als Nächstes piepsen könnte. Vielleicht der Kühlschrank? Der meldet sich auch, wenn die Tür zu den Gefrierschubladen nicht richtig geschlossen ist. Also, raus aus dem Büro, runter in die Küche, Gefrierschubladentür kontrolliert – alles in Ordnung.

Wieder am Schreibtisch. Jetzt werde ich endlich in Ruhe schreiben können. Das wird die beste Kolumne meines Lebens. Volle Konzentration, keine Störungen, kein Piepston weit und breit – einfach himmlich. Es piepst.

Ich springe vom Schreibtischstuhl auf, zitternde Hände, Schweißausbruch. Das gibt's doch nicht! Was, vedammt nochmal, piepst denn jetzt schon wieder? Ich durchstreife erneut das obere Stockwerk. Im Kinderzimmer werde ich fündig. Leo hat von seiner Patentante einen neuen Wecker geschenkt bekommen. Klar, dass er ausprobieren muss, ob der auch um drei Uhr am Nachmittag klingelt. Danke, Patentante!

Wieder am Schreibtisch. Es piepst. Erste Herzrhythmusstörungen. Leo hat auch einen neuen Lerncomputer. Und der schießt wirklich den Vogel ab in Sachen Piepsen: Obwohl er ausgeschaltet ist, funktioniert die Weckfunktion und er piepst. Danke, Christkind!

Spät in der Nacht. Ich sitze erschöpft am Schreibtisch. Endlich ist die Kolumne fertig. Jetzt muss ich sie nur noch abspeichern. Ich drücke auf die entsprechenden Tasten. Es piepst.

Auf dem Bildschirm lese ich: »Das Dokument wurde gelöscht.«

Als die Flasche leer war, habe ich übrigens zwei Mäuse gesehen. Süße, weisse Mäuse. Und soll ich Ihnen was verraten: Die piepsen gar nicht! Piep.

Aufregend ist es immer woanders

Neulich durfte unser Sohn ein Wochenende bei seinem Patenonkel in Berlin verbringen. Fußballstadion, Currywurst bis zum Abwinken, Fernsehturm, Aquarium, McDonald's. Als der Knabe am Sonntagabend erschöpft zu Hause eintraf, sagte er:

»Berlin ist cool. Wieso wohnen wir eigentlich auf dem Land?«

Tja, dachte ich bei mir, wieso eigentlich.

In Berlin tobt das Leben, da steppt der Bär. Da gibt es hunderte von Theatern, Kinos, Kneipen, Bars und Tanzschuppen, wo sich rund um die Uhr die Leute vergnügen. Da kann man vietnamesisch, indisch, türkisch, südamerikanisch, lybisch und afghanisch essen. Da entsteht die neue Republik, die Hauptstadt, dieser aufregende Ort der Gegensätze, multikulturell und lebendig. Jeder, der was auf sich hält, zieht nach Berlin. Und man muss nur irgendeine Zeitung aufschlagen, da erfährt man, wie interessant und vielseitig das Leben dort geworden ist.

Und wir hocken hier in Oberbayern auf dem Land; der Gipfel abendlicher Unterhaltung ist ein

Besuch im Dorfgasthaus oder eine Darbietung des Trachtenvereins. Morgens werden wir nicht vom vibrierenden Lärm der Großstadt geweckt, sondern vom Traktor des Nachbarn. Das kulinarische Angebot reicht gerade mal von Schweinshaxe bis Kalbslüngerl. Und das multikulturellste sind ein paar Adoptivkinder aus Drittwelt-Ländern.

Da kann man schon ins Grübeln kommen, ob das Leben vielleicht gerade pfeilschnell an einem vorbeisaust. Ob man dabei ist, alles zu verpassen, was die Existenz in diesen modernen Zeiten lebenswert macht; die Vielfalt, die Schnelligkeit, die Unruhe. Sind wir mit Anfang Vierzig wirklich schon bereit für ein Dasein, dessen größte Aufregung der Streit um den Ausbau der Dorfstraße ist? Und tun wir unseren Kinder wirklich einen Gefallen? Sollten wir sie nicht besser auf das wirkliche Leben vorbereiten; auf vierspurige Straßen, auf ständig wechselnde Reize und Versuchungen, auf ein wendiges Sozialverhalten zum Überleben im modernen Großstadtdschungel?

Warum sind wir damals eigentlich aus der Stadt aufs Land gezogen, frage ich mich. Irgendwas müssen wir doch dort gesucht haben.

Also, nochmal von vorn:

Wenn Nachbars Traktor morgens weg ist, hören wir das Zwitschern der Vögel. Während gestresste Großstadtmütter sich um Parkplätze vor dem Supermarkt rangeln, spaziere ich zu Fuß in den einzigen Lebensmittelladen des Orts, der so aussieht wie die Läden in meinen Kinderbüchern und meinen Kindheitserinnerungen. Auf dem

Weg grüße ich die Leute auf der Straße, weil sich hier alle grüßen. An der Wurst- und Käsetheke halte ich ein Schwätzchen, und erfahre den neuesten Dorfklatsch.

Meine Kinder sind in fünf Minuten im Kindergarten und in der Schule; und in den Häusern ringsum wohnen lauter andere Kinder, die sie einfach besuchen können, ohne dass Mama ins Auto steigen muss. Im Sommer können wir im Garten sitzen, selbst gezogene Johannisbeeren essen, und die gute Landluft einatmen. Die ersten Tiere, die unsere Kinder kennen gelernt haben, waren Kühe und Hühner; Milch und Eier kann man noch direkt beim Bauern kaufen.

Wir erleben den Wechsel der Jahreszeiten hier draußen viel deutlicher als in der Stadt. Der Geruch der Laubfeuer im Herbst, der erste Schnee im Winter, die Schneeglöckchen im Frühling, die wogenden Getreidefelder im Sommer. Wir leben nicht mit der Natur, das wäre übertrieben. Aber doch viel näher an der Natur als früher.

Als die Kinder drei Jahre alt waren, bekamen sie ohne Warteliste einen Kindergartenplatz. Jetzt gehen sie mit ihren Freunden von früher zur Schule. Wenn sie den Hausschlüssel verbummelt haben, können sie bei einem Nachbarn unterschlüpfen. Und beim Fahrrad- oder Rollerskatefahren könnten sie die Alpen sehen, wenn sie darauf achten würden.

Unsere Freunde aus der Stadt kommen am Wochenende zu uns raus und beneiden uns um die Ruhe, die Natur, den Garten. Und wir beneiden sie um die Kinos, die Kneipen, und die Lichter der Großstadt. So hat eben alles zwei Seiten.

Bald sind unsere Kinder so groß, dass sie von hier wegwollen, aber dann haben sie eine Kindheit erlebt, die ihnen vielleicht fürs ganze Leben ein bisschen innere Ruhe schenkt.

Und wir können dann wieder in die Stadt ziehen, nach Berlin zum Beispiel!

Theater, Kino, Bar und Disco. Wie früher eben. Wie früher? Naja, mit Anfang Fünfzig ist es doch wohl noch nicht zu spät für ein bisschen Halligalli. Oder???

Allerhand Peinlichkeiten

Das Schönste daran, etwas bekannter zu sein als andere, ist, dass man gelegentlich Fragebögen ausfüllen darf. Da wird man dann gefragt: Wie wollen Sie sterben? Wer soll Ihre Grabrede halten? Was sind Ihre geheimen Leidenschaften? Bei wem müssen Sie sich noch entschuldigen? Wem wollen Sie nicht in der Sauna begegnen?... und so weiter. Fast in jedem Fragebogen findet sich auch die Frage: Was ist Ihnen peinlich?

Paaah, denke ich dann jedes Mal, peinlich? Mir? Gar nichts. Naja, oder jedenfalls wenig. Und das schreibe ich dann auch rein, selbstbewusst wie ich bin. Beziehungsweise gerne wäre. Denn in Wahrheit ist mir natürlich ganz vieles peinlich, nur fällt mir das in diesen Momenten, in denen ich Fragebögen ausfülle, gerade nicht ein.

Umso siedend heißer fällt es mir dafür ein, wenn ich auf einer Party plötzlich feststelle, dass mir schon seit Stunden ein Stück Petersilie am Zahn klebt, meine Wimperntusche bis zu den Knien verschmiert ist, oder eine Haarsträhne aufs Lächerlichste zu Berge steht. Da geniere ich mich dann ganz fürchterlich und könnte meinen Mann erwürgen, der die ganze Zeit neben mir steht und keinen Ton sagt. »Hab ich gar nicht bemerkt«, behauptet er dann im Unschuldston, oder, was mich noch mehr aufbringt: »Ist doch nicht so schlimm!«

Das findet vielleicht e r, dessen Blick von Liebe getrübt ist. Aber findet es auch der nette Kellner, mit dem ich gerade geflirtet habe, oder die schrecklich gut aussehende Schickimicki-Tante, bei der ich ein bisschen Eindruck schinden wollte? Nichts ist schlimmer, als das Gefühl lächerlich zu wirken, das sich in solchen Momenten einstellt – denken Sie nur an den berühmten Sketch im Restaurant, wo Loriot seiner Angebeteten eine Liebeserklärung macht, und dabei eine Nudel in seinem Gesicht klebt – man möchte sterben vor Peinlichkeit!

Komischerweise sind es gerade solche banalen Kleinigkeiten, die das größte Gefühl von Peinlichkeit hervorrufen. Dabei kennt sie jeder und es sollte ein Leichtes sein, seinem Gegenüber zu sagen: »Entschuldigen Sie, aber sie haben ein Stück Petersilie zwischen den Zähnen. Mich stört es eigentlich nicht, aber vielleicht ist es Ihnen ja unangenehm.« Man kann sich unschwer vorstellen, wie jeder Partytalk in so einem Moment ersterben würde, also sagt es natürlich keiner, jedenfalls nicht laut.

Fast täglich erlebe ich auch peinliche Situationen, weil ich leider ein bisschen schusselig bin und manchmal meinem eigenen Tempo nicht hinterherkomme. Ich laufe schwungvoll eine Treppe hoch – und stolpere auf der letzten Stufe. Ich übersehe eine Glastür – und laufe mit dem

Gesicht dagegen. Ich drehe mich um – und räume mit meinem Rucksack ein Regal aus. Ständig gebe ich meiner Umgebung Anlass zu schadenfrohem Grinsen – und mir selbst zu schamvollem Erröten. Ich habe allerdings die Erfahrung gemacht, dass man die Peinlichkeit auflösen kann, indem man es schafft, die Situation mit Humor zu nehmen. Wer *mit* den anderen lacht, vermeidet, dass die anderen *über* einen lachen.

Dann gibt's natürlich noch jene Peinlichkeiten, über die man nicht mit einem Lachen hinweggehen kann. Man hat einen blöden Witz über Rollstuhlfahrer gemacht – und übersehen, dass am Nebentisch einer sitzt. Man hält dem eigenen Kind eine Strafpredigt – und muss feststellen, dass ein anderes Kind der Missetäter war. Man beschuldigt den Partner, ein wichtiges Dokument verschlampt zu haben – dabei hat man es selbst falsch abgeheftet. In solche Situationen gerät man immer wieder, denn Menschen machen Fehler. Die große Kunst besteht darin, Fehler zugeben, sich entschuldigen zu können. Das entwaffnet den anderen und nimmt der Peinlichkeit die Spitze. Die vermeintliche Schwäche wird zur Stärke.

Aber gibt's was Schwierigeres, als diese Einsicht in die Praxis umzusetzen? Wir alle wollen doch so gerne perfekt sein, wollen stark und unfehlbar sein, und wenn wir es denn schon nicht sind, dann wollen wir wenigstens nicht, dass die Anderen es merken. Deshalb beharren wir oft auf dem, was wir insgeheim längst als Fehler erkannt haben, würden uns aber eher die Zunge abbeißen, als das zuzugeben.

Kürzlich rührte mich mein achtjähriger Sohn

Leonard fast zu Tränen, als er nach einem heftigen Streit, in dem es auch um das Eingestehen von Fehlern ging, folgendes Gedicht verfasste: »Gib's zu, gib's zu, dann hat die Seele Ruh. Dann kann sie ganz entspannt auf ihrer grünen Weide grasen. Gib's zu, sonst findet deine Seele keine Ruh.«

Ich finde, dem ist nichts hinzuzufügen.

Bügeln erleuchtet

Mal ehrlich: Die meiste Zeit unseres Lebens verbringen wir mit Tätigkeiten, die absolut langweilig sind. Schlafen. Zähneputzen. Duschen. Anziehen. Windeln wechseln. Kaffee kochen. Schulbrote schmieren. Spülmaschine ein. Spülmaschine aus. Einkaufen. Kochen. Töpfe spülen. Küche fegen. Müll raustragen. Bügeln, gähn. Wäsche zusammenlegen, stöhn. Knöpfe annähen, ächz.

Immer derselbe, langweilige Mist. Kaum haben wir das eine erledigt, wartet schon das Nächste auf uns. Und am anderen Tag beginnt alles wieder von vorn.

HÖRT DAS DENN NIE AUF???

Haben wir nicht alle mal von einem anderen Leben geträumt? Von einem Leben, das mehr so ist...wie im Kino. Voller Abenteuer, Liebesdramen, lebensgefährlicher Situationen, existentieller Entscheidungen. In meiner Lebensplanung kamen Einkaufen, Kochen, Töpfe spülen, Küche fegen und all dieser Kram nicht vor. Und heute verbringe ich doch einen großen Teil meiner Zeit damit, neben meinem Beruf, versteht sich.

Manchmal könnte ich von der Aussicht auf den langweiligen Kram schon morgens beim Zähneputzen wieder einschlafen. Manchmal könnte ich vor Wut das Bügeleisen aus dem Fenster werfen. Und manchmal möchte ich einfach meine Sachen packen und abhauen, irgendwohin, wo mich keiner findet, der fragt: »Wo sind meine Hausschuhe?« oder: «Was gibt's zu essen?« oder: »Hast du Klopapier eingekauft?«

In Doris Dörries wunderbarem Film »Erleuchtung garantiert«, der in einem buddhistischen Kloster spielt, wird unter anderem über die Frage philosophiert, ob man putzen soll, damit es hinterher sauber ist, oder ob man putzt um des Putzens willen. Einer Hausfrau wider Willen wie mir sträubt sich natürlich das Nackenhaar bei der Vorstellung, die lästige Tätigkeit des Putzens um ihrer selbst willen auszuführen. Nein, wenn schon geputzt werden muss, dann soll es hinterher sauber sein; wofür mach ich es sonst?

Ich glaube, genau hier liegt das Geheimnis verborgen.

Wir haben keine Wahl. Es muss geputzt (gewaschen, gebügelt, eingekauft, gekocht) werden, ob wir wollen oder nicht. Das können wir nicht ändern. Aber unsere Einstellung zu diesen Tätigkeiten schon. Wir haben nur eine Chance, unser Hausfrauenleben erträglich zu machen: Wir müssen aufhören, diese Tätigkeiten abzulehnen.

Wenn ich schon genervt und angewidert an den Abwasch herangehe, wird er mir jede Sekunde nervig und widerlich vorkommen. Ich verbrauche mehr Energie, den Abwasch zu hassen, als ich brauche, um ihn zu machen. Und ich habe eine halbe Stunde meiner Lebenszeit mit negativen Gefühlen verschwendet.

Wenn ich stattdessen mit Liebe an meine Aufgabe herangehe, sie so gut und sorgfältig wie möglich mache und mich über das Ergebnis (auch wenn's nicht lange vorhält) freue, geht's mir danach garantiert besser. Ich habe eine Sache, um die ich ohnehin nicht herumkomme, sozusagen »positiv aufgeladen«.

Kennen Sie diesen schönen, alten Song: »If you can't be with the one you love, love the one you're with«? Mit dem Abwasch ist es dasselbe. Wenn ich schon nicht machen kann, was ich liebe (Abenteuer, Liebesdramen...), sollte ich wenigstens lieben, was ich mache.

Die Buddhisten lehren, all diese banalen Handlungen des Alltags als Meditation zu betrachten, als eine Art Gebet. Und auch, wenn man's mit dem Meditieren oder Beten nicht so hat, bei nichts kann man die Gedanken so gut wandern lassen, wie bei diesen ständig wiederkehrenden, den Kopf nicht weiter beanspruchenden Tätigkeiten. Das können leichte oder schwere Gedanken sein, ganz egal – es sind die eigenen, und nur das zählt.

Ich kann beim Bügeln vom nächsten Urlaub träumen, oder vom letzten Treffen mit meinem Liebsten. Ich kann mit mir selbst darüber ins Gericht gehen, ob ich manchmal zu ungeduldig bin. Ich kann, wenn ich unbedingt will, Heideggers Idee vom Geworfen-Sein des Menschen in der Welt überdenken. Oder ich kann mir einfach nur vorstellen, wie die Küche nach der Renovierung aussehen könnte.

Obwohl die Gedanken auf Reisen gehen, soll man dabei natürlich die größtmögliche Sorgfalt ins Bügeln legen. Wenn ich es schon tun muss, mach ich's lieber richtig, sonst ist es Zeitverschwendung. Wer's dann noch schafft, sich über die schön gebügelte Wäsche zu freuen, ohne daran zu denken, dass sie in ein paar Tagen wieder ungebügelt vor ihm liegen wird, der ist schon so gut wie erleuchtet. Garantiert!

Archaische Instinkte

Ich bin verrückt nach Sonderangeboten. Das Gefühl, eine Sache unter Preis zu bekommen, versetzt mich regelrecht in Ekstase – egal, ob ich diese Sache nun brauche oder nicht. Die schönste und gefährlichste Zeit des Jahres ist deshalb für mich die Schlussverkaufszeit. Da ziehe ich los, beseelt vom Jäger- und Sammlertrieb, und gehe auf Schnäppchenjagd. Daunenjacken für 99 Mark, statt 199, oh, mein Gott, gibt's irgendjemanden in meiner Familie, der noch keine Daunenjacke besitzt? Oder hier: Skisocken zu 10 Mark für zwei Paar, wohlgemerkt! Wer kann da wiederstehen? Die günstigen Kinderwinterstiefel kaufe ich auf Vorrat, zwei Nummern zu groß, damit sie im nächsten Winter passen. (Die Rechnung geht leider nicht immer auf, Kinder neigen zu unberechenbaren Wachstumsschüben. Mal sind die Stiefel auch im Folgejahr noch viel zu groß, mal sind die lieben Kleinen längst herausgewachsen.)

Besonders faszinierend finde ich, dass auch solche Waren reduziert sind, die gar nichts mit dem saisonalen Ausverkauf zu tun haben. So kann man im Winterschlussverkauf durchaus ein

Set Edelstahltöpfe ergattern, das um 30% heruntergesetzt wurde, oder wunderschöne Badehandtücher aus ägyptischer Baumwolle, das Stück zu 20 Mark statt zu 60.

Es ist, als würden tief verschüttete archaische Instinkte in mir geweckt. Vorratshaltung ist angesagt, Vorsorge für schlechte Zeiten – wer weiß schließlich, wann man wieder Salatschüsseln in drei verschiedenen Farben findet, das Stück zu 9,80 (statt zu 19,80)? Wenn man jetzt nicht zugreift, ist die Gelegenheit vertan und eines Tages wird man es bereuen und sich verzweifelt fragen: Warum habe ich damals so feige gekniffen?

Ich habe inzwischen rot glühende Wangen, die Arme voller Tüten und Taschen, und das untrügliche Gefühl, dass irgendwo noch mehr großartige Schnäppchen auf mich warten. Ich nehme Kurs auf die Modeabteilung. Den ganzen Winter habe ich meine alten Pullis aufgetragen, jetzt will ich mich belohnen, mit einem edlen Stück aus Kaschmir, Merino oder Seidenstrick. Tja, und dann ist es jedes Mal dasselbe: Die Farbe, die mir gefällt, ist leider aus. Oder es gibt den Pulli nicht mehr in meiner Größe. Oder der, der mir am besten gefällt, ist der Einzige, der nicht heruntergesetzt ist.

Bei den Hosen das gleiche Spiel: Farbe nicht mehr vorrätig, Größe ausverkauft; das einzige Modell, das mir passt und gefällt, ist aus der neuen Kollektion und wird frühestens in einem halben Jahr herabgesetzt. Was tun? Hart auf Schnäppchenkurs bleiben und die ziemlich teure Hose links liegen lassen? Oder sicherheitshalber zuschlagen, nach dem Motto: »Wenn mir schon mal eine Hose passt und gefällt!?«

In mir tobt ein schrecklicher Kampf. Amelie, die Sparsame, gegen Amelie, die Modebewusste. Sie ringen miteinander, hart und unnachgiebig. Und wissen Sie was? Amelie, die Sparsame siegt! Ich nehme die Hose – schließlich habe ich bei all den Schnäppchen sooooo viel gespart, dass ich sie mir locker leisten kann!

Danach gehen noch zwei Doppelpackungen Duschgel für 7,77 (statt 15 Mark) in meinen Besitz über, sowie eine aus unerfindlichen Gründen herabgesetzte gefrorene Lammkeule. Sogar Lebensmittel kriegt man im Schlussverkauf günstiger, ist das nicht irre?

Voll gepackt und glücklich trete ich den Heimweg an, um mich von meiner Familie für den gelungenen Einkauf loben zu lassen. Komischerweise sind die längst nicht so begeistert wie ich, sondern wechseln viel sagende Blicke.

Morgen beginnt wieder der Schlussverkauf. Sieht so aus, als könnte ich diesmal nicht dabei sein. Während ich das schreibe, sitze ich in einer kleinen Kammer, die von außen verschlossen ist. Man hat mir sämtliche Kreditkarten und Schecks weggenommen, das Telefon abgeschaltet und meinen Internet-Zugang gesperrt. Ich kriege jeden Tag die Zeitung, aber ohne die Prospekte mit den Preissenkungen. Die könnten nervöse Störungen bei mir hervorrufen, meinte der Arzt. Ich soll mich nicht aufregen, hat er noch gesagt. Sobald der Schlussverkauf vorbei ist, darf ich wieder raus.

Eigentlich ungerecht. Da spart man so viel Geld für die Familie – und das ist der Dank!

Schade um die Männer

Tut mir echt leid, liebe Leserinnen, Ihnen das mitteilen zu müssen, aber in absehbarer Zeit wird es keine Männer mehr geben! Manche von Ihnen werden das bedauern, andere werden froh sein, aber egal wie Sie es finden, die Männer werden aussterben. Woher ich das weiß? Ganz einfach: Ein Blick auf die Evolution genügt, und schon wird einem klar, dass es gar nicht anders sein kann.

Das Prinzip der Evolution beruht auf Auslese. Erfolgreiche Arten entwickeln sich weiter und überleben; wie zum Beispiel die Stechmücken. Andere entwickeln unbrauchbare Eigenschaften und sterben aus, wie zum Beispiel die Flugsaurier. Um überleben zu können, muss eine Spezies Fähigkeiten entwickeln, die ihrem Überleben dienen und sie gegen ihre natürlichen Feinde schützen.

Gehen wir mal ein paar tausend Jahre zurück in der Menschheitsgeschichte, in die Steinzeit. Welche Fähigkeiten mussten die Männer damals haben? Sie brauchten einen gewissen Jagdinstinkt, mussten ihre Keulen zielgenau schwingen, ein Feuer entfachen und halbrohes Fleisch verdauen können. Hin und wieder mussten sie ein Weib an den Haaren in ihre Hütte schleppen und zum Zwecke der Arterhaltung begatten, und das war's auch schon. Den Rest des Tages hätten sie sich bedenkenlos vor die Kiste hauen und Sportschau glotzen können, wenn's damals schon Fernsehen gegeben hätte. Ihre natürlichen Feinde waren die Bären, aber denen haben sie's bald gezeigt, denn sie kamen auf die supergute Idee, Fallgruben zu bauen. Kurz und gut, damals stand nichts dem weiteren Überleben der Spezies Mann im Weg.

Heute sieht das schon ganz anders aus.

Die Welt hat sich grundlegend verändert seit der Steinzeit – die Männer nicht.

Sie sind noch ziemlich genau so wie ihre Vorfahren in den Wäldern, nur dass sie zur Tarnung Boss-Anzüge tragen, und statt Keulen Golfschläger schwingen. Aber es zeigt sich mehr und mehr, dass ihre Fähigkeiten den heutigen Erfordernissen nicht mehr entsprechen, auch wenn sie mühsam versuchen, das zu kaschieren.

Um ihren Jagdinstinkt auszuleben, haben sie den Fußball erfunden. Wenn ihnen die Argumente ausgehen, hauen sie immer noch gerne zu. Halbrohes Fleisch gehört ebenfalls noch zur bevorzugten Nahrung der meisten Männer, liegt aber nicht mehr im Trend. Wenn sie ein Weib abschleppen, tun sie's nur deshalb nicht an den Haaren, weil die meisten Frauen Kurzhaarschnitte tragen. Und Bären gibt'auch kaum noch. Der natürliche Feind des Mannes von heute ist – die Frau!

Dummerweise haben die Männer das noch nicht gemerkt; sie wiegen sich in der Sicherheit, dass alles so ist, wie es immer war, die Frauen also ohne sie nicht existieren könnten.

Früher, als wir noch keinen Beruf hatten, brauchten wir den Mann tatsächlich als Ernährer; heute muss er froh sein, wenn wir nicht mehr verdienen als er. Noch Anfang des Jahrhunderts gab es kaum Studentinnen; heute machen mehr Mädchen als Jungen Abitur, und das mit besseren Noten. Noch vor ein paar Jahren war es gesellschaftlich unverzichtbar, einen Ehemann zu haben; heute brauchen wir ihn höchstens, damit er uns am Strand den Rücken eincremt.

Wir Frauen können Firmen leiten, Autos reparieren, mit Waffen umgehen, an der Börse spekulieren. Wir können politische Ämter bekleiden, Macht ausüben, und die Art erhalten. Den Rohstoff, den wir dafür von den Männern benötigen, kann man auf geringem Raum konservieren; für den Erhalt der Menschheit würde auf Jahrhunderte hinaus ein haushaltüblicher Kühlschrank genügen. Kurz: Wir Frauen können inzwischen alles selbst, was unser weiteres Überleben sichert. Wir brauchen sie einfach nicht mehr, die Männer.

Und was überflüssig geworden ist, sortiert die Evolution irgendwann aus.

Auf den ersten Blick klingt das ganz verführerisch, finden Sie nicht? Keine Diskussionen über Barthaare im Waschbecken mehr, keine zusammengeknüllten Socken unter dem Bett, kein morgendliches Schweigen hinter der Zeitung, kein abendliches Teletext-Lesen bis zum Abwinken. Das Leben könnte so schön sein ohne Männer.

Und trotzdem. Irgendwas würde uns fehlen. Männer sind lästig, machen 'ne Menge Schmutz und sind – evolutionstechnisch gesehen – ein Auslaufmodell. Das Dumme ist nur: Wir lieben sie. Und deshalb wär's einfach schöner, wenn sie nicht aussterben würden. Jedenfalls nicht so bald…

Alles eine Frage der Einstellung

Mal ehrlich: Können Sie Ihren Videorekorder programmieren? Also, ich kann es nicht. Ich weiß nicht, ob es daran liegt, dass ich zu blöd bin, oder der Rekorder zu kompliziert. Auf jeden Fall besitze ich das Gerät schon seit zwei Jahren, aber wenn mein Mann nicht zu Hause ist, kann ich den Spielfilm nicht aufzeichnen, da ist nichts zu machen. Zu ärgerlich ist das, aber irgendwann habe ich begonnen, vor der gigantischen Technikwelle zu kapitulieren, die über uns schwappt. Früher zum Beispiel war ein Telefon zum Telefonieren da. Es hatte eine Wählscheibe, später Tasten, und es diente ausschließlich dazu, jemanden anzurufen oder angerufen zu werden. Heute kann man mit einem Telefon schriftliche Nachrichten versenden, gesprochene Nachrichten speichern und abhören, man kann Räume überwachen, den Anrufer identifizieren, man kann mittels Tastendruck »ja« oder »nein« sagen, man kann den Inhalt ganzer Telefonbücher speichern und das Gerät teilt uns von sich aus mit, wer in unserer Abwesenheit angerufen hat. (Kann man auf der Telefon-Tastatur eigentlich auch rechnen? Das wär doch mal was Neues!)

Nun sind all diese Möglichkeiten ja ganz toll, oder besser: sie wären es, wenn man mit ihnen umgehen könnte. Das Problem ist, dass man sich dafür eine Unzahl von Schritten merken muss. Jede Taste löst in Verbindung mit einer anderen Taste eine andere Funktion aus und oft gibt es keine Möglichkeit, sich die richtige Kombination logisch zu erklären. Man muss sie einfach behalten, und das bei sämtlichen Geräten, die man so sein Eigen nennt. Nicht nur das Telefon, auch der Computer, der Anrufbeantworter, das Fax, die Videokamera, die Sportuhr, die Waschmaschine, der Mikrowellenherd – alle strecken uns ein Benutzerdisplay mit nüchternen Knöpfen entgegen, die nichts über ihre Funktion aussagen. Wo steht denn heute noch »ein« oder«aus« oder sonst irgendein freundlicher Hinweis darauf, was passiert, wenn ich diesen oder jenen Knopf drücke?

Okay, manche Geräte kommunizieren sogar schriftlich mit dem Benutzer, aber woher weiß ich denn, was genau hinter »menü«, »format«, »extras«, »kurzinfo« und »CLR-modus« steckt? Auch hier reicht zum Weiterkommen nicht der gesunde Menschenverstand, sondern nur detaillierte Sachkenntnis oder im Zweifelsfall eine große Tasche, in die all die vielen Gebrauchsanweisungen reinpassen, die man eigentlich ständig mit sich rumschleppen müsste, damit man nachsehen kann, wie man am Autoradio die Funktion »Verkehrsfunk« einstellt. »ATP-modus?« »Oder doch FM mit Taste 2 gedrückt halten, bis Suchanzeige erlischt?« Es ist zum Verzweifeln.

Also, was tun? Weiter den Kopf in den Sand stecken und so tun, als ginge uns der technische

Fortschritt nichts an? (Es gibt tatsächlich noch Leute ohne Anrufbeantworter, auch in meinem Freundeskreis. Aber eigentlich finde ich das dann auch ziemlich nervig...)

Oder sollen wir uns doch besser einen Ruck geben und den ganzen Kram endlich lernen? Das kann doch wohl nicht wahr sein, dass die Männer mit ihren spöttischen Vorurteilen über »Frauen und Technik« Recht behalten sollen? Ich gebe zu, dass ich selbst bisher wenig geleistet habe, um diese Vorurteile zu entkräften, aber immerhin habe ich gelernt, auf dem Computer zu schreiben. Hätte ich nicht vor ein paar Jahren meine Angst überwunden, würde ich heute meine 300-Seiten-Romane auf der Schreibmaschine tippen – nicht auszudenken! Oder: Vor kurzem habe ich mir einen Internet-Anschluss zugelegt. Fragen Sie nicht, wie viele Stunden ich zähneknirschend vor dem Bildschirm verbracht habe, bis ich endlich meine erste E-Mail verschickt und meinen ersten Chat geschafft hatte! Aber als es so weit war, bin ich fast geplatzt vor Stolz. Und hatte das Gefühl, doch noch keine verkalkte Greisin zu sein, die vor der immer komplizierter werdenden Welt kapituliert hat.

Es hilft nichts. Solange wir können, müssen wir uns mit dem Fortschritt auseinandersetzen und einen sinnvollen Umgang mit all dem Neuen für uns finden. Man muss ja nicht jedes neue Gerät besitzen und nicht jede Funktion kennen. Aber das, was einem das Leben bequemer und angenehmer macht, könnte man schon lernen. Alles eine Frage der Einstellung. Ach ja, der Videorekorder. Also gut, heute Abend lasse ich mir erklären, wie er funktioniert, versprochen!

Noch mehr geheime Leidenschaften

Ohne diese Rum-Marzipan-Datteln mit Schokolade aus einem ganz bestimmten Pralinengeschäft in München kann ich leider nicht schreiben. Da Schreiben aber mein Beruf ist, könnte man die Schokodatteln gewissermassen als Arbeitsmaterial betrachten; vielleicht kann ich sie dann von der Steuer absetzen? Wäre nicht schlecht, denn sie sind leider so sündhaft teuer, dass ich mit dem Schreiben kaum genug verdienen kann, um meinen Bedarf zu finanzieren.

Nüchtern betrachtet bin ich süchtig nach den Dingern. Wenn ich nicht jeden Tag ein paar davon essen kann, fehlt mir etwas; ich werde unlustig und streune, auf der Suche nach Alternativen, durchs Haus. Aber nichts anderes kann mich verlocken; keine Gummibärchen, keine Kinderschokolade, keine Schaummäuse. Immer spüre ich den köstlichen Geschmack der Schokodatteln auf der Zunge, sehe im Geiste ganze Kisten voll vor mir, und rieche ihren verlockenden Duft.

Ähnlich ist es mit meiner Lieblingsfernsehserie »Ally McBeal«. Ich freue mich die ganze Woche auf die nächste Folge. Ich lege keine Verabredungen auf den Dienstagabend, und wenn ich doch aus irgendeinem lebenswichtigen Grund das Haus verlassen muss, sorge ich dafür, dass jemand mir die verpasste Folge aufnimmt.

An den Tagen, an denen »Ally McBeal« nicht läuft (also sechsmal die Woche), zappe ich lustlos durchs Programm, finde alle anderen Serien und Filme doof, und wenn die Entzugserscheinungen ganz schlimm werden, sehe ich mir eine alte Folge auf Video an.

Wo ich gerade schon dabei bin, mein Innerstes nach außen zu kehren, kann ich Ihnen auch noch die dritte meiner zahlreichen Süchte nennen: Das Laufen.

Ich bin von Natur aus ein fauler Mensch, der am liebsten auf dem Sofa vor dem Fernseher liegt, »Ally McBeal« kuckt und dazu Schokodatteln isst. Irgendwann habe ich gemerkt, dass ich auf diese Weise ziemlich bald verfetten und verblöden würde, also habe ich mich schweren Herzens, widerwillig und zähneknirschend aufgerafft, und habe mit dem Laufen begonnen. Anfangs habe ich es geradezu inbrünstig gehasst. Der Hass hat mir so viel Energie verliehen, dass ich immer weiter laufen konnte. Und eines Tages, ich weiß nicht genau wann, war plötzlich eine Joggerin aus mir geworden. Und obwohl ich es manchmal immer noch hasse (zum Beispiel, wenn Schneegraupel vom Himmel fällt und knöcheltiefer Eismatsch auf den Wegen liegt), *muss* ich laufen. Denn wenn ich es nicht tue, kriege ich so wahnsinnig schlechte Laune, dass ich in kürzester Zeit eine Ehekrise habe. Dann folgt der Absturz in die Depression und das Nachgrübeln über effiziente Methoden der Selbstbeseitigung. Das ist keine Einbildung, sondern wissenschaftlich erwiesen: Beim Laufen schüttet der Körper Endorphine (Glückshormone) aus; nach denen wird man süchtig, und, wenn sie ausbleiben, depressiv.

Lassen wir gängige Rauschmittel wie Alkohol, Zigaretten, Drogen und Medikamente mal beiseite, deren Suchtpotential liegt ja auf der Hand. Aber es gibt ja auch andere Süchte, wie zum Beispiel das zwanghafte Einkaufen von Dingen, die man eigentlich gar nicht braucht. Oder das suchtartige Putzen. Meine beste Freundin ist definitiv telefonsüchtig. Eine andere chattet und e-mailt so exzessiv, dass man ebenfalls von einer Sucht sprechen kann. Der Hollywoodstar Michael Douglas wird gerne als sexsüchtig bezeichnet. Und jeder von uns kennt Menschen, die geradezu süchtig nach Bestätigung sind, und dafür jeden Blödsinn machen (zum Beispiel in einer Fernseh-Show auftreten.)

Die stärkste Ausschüttung von Glückshormonen produziert der Körper aber, wenn wir verliebt sind. Dieser rauschhafte Zustand zwischen Euphorie und Verblödung, der einen so high macht wie ein Drogencocktail, und doch kein anderes Suchtmittel braucht als den geliebten Menschen, ist die Heftigste aller Süchte. Wenn man halb verrückt ist vor Sehnsucht nach dem Anderen, wenn man glaubt, keine Sekunde ohne ihn mehr zu ertragen, wenn man nicht mehr schlafen und nicht mehr essen kann, und wenn einem fast das Herz stehen bleibt, sobald man in die Arme des Angebeteten sinkt, dann erlebt man alle Höhen und Tiefen einer Sucht. Intensiver kann der Mensch nicht fühlen, deshalb sind wir insgeheim immer auf der Suche nach diesem Kick.

Aber wir wissen alle: Er kommt selten, und meist hält er nicht lange an.

Deshalb trösten wir uns derweil mit Schokodatteln, Lieblingsfernsehserien und selbst gemachten Endorphinen. Das ganze Leben ist sozusagen ein Ersatzprogramm…

Warum wir Dichter und Denker sind

Ich weiß ja, dass es keinen Sinn hat. Und das es sich eigentlich nicht gehört, überhaupt davon zu reden. Dass all die Klagen sinnlos sind, unoriginell und spießig. Aber können Sie mir vielleicht verraten, wie man hier zu Lande leben soll, ohne chronisch depressiv zu werden?

Ja, Sie haben's erraten, ich rede vom Wetter. Davon, dass der letzte Sommer aus ein paar schönen Tagen im April und Mai bestand, und ab Mitte Juni aus einem endlosen Dauerregen. Davon, dass ich im Juli mit Wollsocken geschlafen und heiße Bäder genommen habe, um dem ständigen Frösteln entgegen zu wirken. (Mitte des Monats lagen die Temperaturen bei uns in Bayern nachts um drei Grad und die Schneefallgrenze war auf tausend Meter gesunken.) Davon, dass es uns wieder mal jeden Kindergeburtstag, jedes Grillfest, jede Gartenparty verregnet hat. Dass wir, wenn's mal nicht geregnet hat, in Daunenjacken auf der Terrasse saßen. Dass ich die meisten meiner Sommersachen nicht ein einziges Mal getragen habe, bevor ich sie wieder für den Winter eingemottet habe.

Ach ja, der Winter. Das ist die Jahreszeit, die hier zu Lande ziemlich genau acht Monate dauert. Der erste Schnee kann im Oktober fallen, der Letzte im Mai. Dazwischen ist es nasskalt und grau, Woche um Woche, Monat um Monat. Ist es ein Wunder, dass wir Deutschen als kühl, wenig leidenschaftlich, grüblerisch und in uns gekehrt gelten? Wenn 80 Millionen Zirbeldrüsen chronisch unterversorgt sind mit Sonnenlicht, dann fällt eben ein ganzes Volk in Depression.

Ich finde, deutsche Steuerzahler sollten in den Genuss einer Schlechtwetterabschreibung kommen.Wer freiwillig in einem Land lebt und arbeitet, in dem an einem Augustwochenende 200 Liter Regen pro Quadratmeter fallen können, und man große Teile seiner Lebenszeit mit Schneeschippen zubringt, muss wenigstens finanziell entlastet werden. Schließlich muss man von irgendwas die teuren Reisen in die Sonne und die kostspieligen Lichttherapien bezahlen, mit denen unsere Arbeitsfähigkeit wieder hergestellt wird.

Aber es gibt tatsächlich auch Leute, denen das Wetter nichts ausmacht.

Die uns nerven mit Sprüche wie: »Es gibt kein schlechtes Wetter, nur falsche Kleidung.«

Die sich ihre Laune einfach nicht verderben lassen, und voller Verachtung auf uns Wetterfühlige herabsehen. Die unser Gejammer mit der unwiderlegbaren Behauptung kontern, das Wetter sei nun mal wie es ist, und Jammern würde daran nichts ändern. Außerdem könne man bei schlechtem Wetter gute Bücher lesen; nicht umsonst seien die Deutschen das Volk der Dichter und Denker.

Ich hasse diese Menschen. Wenn das Wetter schon beschissen ist, möchte ich wenigstens jammern dürfen. Dass sich dadurch das Wetter nicht ändert, weiß ich auch. Aber vielleicht meine Stimmung.

Mit etwas Abstand betrachtet (also ungefähr aus der Höhe von Mars oder Venus) ist es ohnehin völlig unverständlich, warum sich auf der nördlichen Halbkugel unseres Planeten überhaupt Menschen angesiedelt haben. Alle frieren, alle jammern, alle fahren für viel Geld ständig in den Süden – ja, warum bleiben sie denn nicht einfach da? Bis auf die paar Unentwegten, denen das Wetter grundsätzlich schnurz ist, natürlich. Die können ja gerne hier bleiben. Und natürlich diese merkwürdigen Wesen, die das Wetter hier wirklich m ö g e n.

Ja, solche gibt's, man mag es kaum glauben.

Meine Freundin Vicky zum Beispiel. Lebt seit bald fünfzehn Jahren in Italien und schwärmt immer von Deutschland. Weil der Regen so romantisch ist. Vermutlich ist sie die einzige Deutsche, die im August den Brenner in nördlicher Richtung überquert, um ihre Ferien in einem bayerischen Kurort zu verbringen, wo es erfahrungsgemäß um diese Jahreszeit dreieinhalb von vier Wochen schifft.

Und wenn wider Erwarten ein paar Sonnentage ihren Urlaub gestört haben, dann fährt sie gerne noch für eine Weile nach England oder Irland, wo die Wahrscheinlichkeit für nasskaltes Sauwetter noch ein bisschen höher liegt als hier.

Ist das nicht ungerecht? Warum muss das Schicksal Vicky nach Italien verbannen, und mich hierher? Ich habe sogar italienische Vorfahren, und trotzdem hat mich irgendein grausamer Gott dazu verbannt, mein Leben in Deutschland zu fristen. Wahrscheinlich ist an der Schicksals-Ausgabestelle ein Irrtum passiert, und eigentlich bin ich Vicky und sie ist Amelie. Ich hoffe wirklich, die Jungs da oben kriegen das beim nächsten Mal besser geregelt!

Statussymbol Stress

Fragen Sie mal jemanden, wie's ihm geht. Früher hätten Sie ein höfliches »Danke der Nachfrage« oder »Danke, gut, und selbst?« zur Antwort gekriegt. Heute stöhnen die meisten:

»Ich bin total im Stress!«

Und wehe, Sie sind dann nicht selbst im Stress! Dann fühlen Sie sich gleich ganz nutzlos, denn im Stress zu sein bedeutet heutzutage wichtig zu sein, gefragt zu sein, gebraucht zu werden. Stress ist zum Statussymbol geworden, wie das Pradatäschchen, das Nokia-Handy und die A-Klasse von Mercedes.

Interessant ist nur, was die verschiedenen Menschen unter Stress verstehen. Fangen wir mal bei den Managern an. Die haben den Stress sozusagen gepachtet, sind gewissermaßen schon gestresst auf die Welt gekommen. Ihre Sekretärinnen sind zu Stressverwalterinnen aufgestiegen, die dafür sorgen müssen, dass der Stress nicht nachlässt, denn sonst könnten die Manager anfangen, sich nutzlos zu fühlen. Also quetschen sie zwischen den Termin mit Müller um 14 Uhr und dem mit Mayer um 14.30 Uhr noch schnell ein Telefonat mit dem Steuerberater rein, damit Mayer warten muss und sehen kann, wie beschäftigt sein Gesprächspartner ist.

Bei diesen Leuten hat man das Gefühl, Stress sei ihr Lebenselixier. Je mehr Stress sie haben, desto mehr Energie entwickeln sie. Auf einer Energiewelle aus Stresshormonen surfen sie durch ihren Alltag, und wehe, der Energiestrom reißt mangels Stressnachschub ab, dann droht der Absturz, der tiefe Fall in Depression und Krankheit. Man nennt das sogar die »Managerkrankheit« und geht irrtümlich davon aus, dass sie von zu viel Stress herrührt. In Wahrheit ist es das Nachlassen des Stresses, was die Männer aus der Bahn wirft. Vielleicht auch, weil sie für einen Moment ahnen, dass etwas in ihrem Leben sich verselbständigt hat und droht, sie aufzufressen. Aber solche Gedanken schieben sie lieber schnell zur Seite.

Man muss allerdings kein Manager sein, um Stress zu haben. Ich kenne einige Frauen, die schlauerweise reiche Männer geheiratet haben, in großen Häusern mit viel Personal (Kinderfrau, Putzfrau, Köchin, Gärtner) leben, und ihre Zeit damit zubringen, einzukaufen, Freundinnen zu treffen und das Haus einzurichten. Sie glauben kaum, wie gestresst diese Frauen sind!

Es ist natürlich ein echter Stressfaktor, wenn man tagelang durch die Geschäfte rennen muss, um diese entzückende Tischdekoration mit den kleinen Engelchen zu finden, die man kürzlich bei der Freundin gesehen hat und die man unbedingt braucht, weil man doch nächste Woche diese wichtige Essenseinladung gibt, zu der man, oh

Stress! auch noch den dreifach gewendeten, birkenholzgeräucherten Speziallachs aus Alaska besorgen muss, zu dem natürlich nur der handgeriebene Meerrettich aus Peru passt, den man nach tagelanger Recherchearbeit bei einem mexikanischen Feinkosthändler auftreibt. Na, und die Kinder machen ja auch so viel Stress; ständig müssen sie zu Kinderfesten gefahren und wieder abgeholt werden, brauchen neue Gucci-Stiefelchen und Oshkosh-Röckchen, mein Gott, das Leben ist anstrengend, und obendrein immer der Ärger mit dem Personal...

Na gut, ich übertreibe jetzt ein bisschen, aber manchmal finde ich es wirklich anmaßend, wie manche Leute den Begriff Stress für sich vereinnahmen, ohne auch nur eine Ahnung zu haben, was Stress wirklich bedeutet.

Nehmen wir die vielen allein erziehenden Mütter, die jeden Tag zur Arbeit gehen, einkaufen, kochen, mit ihren Kindern Schulaufgaben machen, sich darum kümmern, dass die süßen Kleinen zum Sport, in die Musikschule oder zu einer Freundin kommen, dass sie ordentlich angezogen sind obwohl nicht viel Geld da ist, dass sie gut betreut werden, wenn sie krank sind, dass sie die Trennung von ihrem Vater verkraften und, und, und... Diese Frauen haben wirklich Stress und ich bewundere sie dafür, wie sie es schaffen, und zwar oft genug, ohne gestresst zu sein. Die meisten Leute können sich aussuchen, wie stressig sie sich ihr Leben machen. Diese Frauen können es nicht.

Ich habe auch immer gerne über meinen Stress gestöhnt, aber ich versuche gerade, es mir abzugewöhnen. Ich bemühe mich, mein Leben so zu organisieren, dass ich anderen nicht mit meinem Gehetztsein auf den Wecker gehe, und selbst nicht unter zu starken Druck gerate. Das ist oft nicht leicht, aber der Versuch lohnt sich. Und wenn man mal genau hinguckt, erkennt man eine Menge an überflüssigem Stress, den man sich selbst macht. Wer, um alles in der Welt, braucht denn schon Engelchen als Tischdekoration?

Nur die Liebe quält

Dass Männer und Frauen nicht zusammenpassen ist hinreichend bekannt. Dass viele Paare es trotzdem miteinander aushalten, verdanken wir dem Gefühl gegenseitiger Anziehung, das wir »Liebe« nennen. Eine Weile konnte man sogar den Eindruck gewinnen, die Qualität der Beziehungen hätte sich verbessert seit den Zeiten, in denen die Frauen sich den Männern schweigend unterordneten und an England dachten.

Haben wir nicht sogar freudig den »neuen Mann« ausgerufen? Dieses Wunderwesen, das sensibel auf unsere Bedürfnisse eingeht, uns als Persönlichkeit ernst nimmt, unseren Kindern ein liebevoller Vater ist und ungefragt den Müll entsorgt? Weder Weichei noch Macho, sondern ein reifer, beziehungsfähiger Mensch, für den Kommunikation mehr ist als: »Kannst du mir noch'n Bier bringen?«

Irgendwas muss schief gelaufen sein, denn immer noch scheitert jede dritte Ehe. In meinem Freundes- und Bekanntenkreis ist ein regelrechter Scheidungsboom ausgebrochen – ich traue mich kaum noch, Paare einzuladen, die ich länger nicht gesehen habe; vielleicht stecken sie mitten im Trennungs-Clinch?

War der »neue Mann« nur eine Mogelpackung? Wenn man mit den Frauen redet, die aus einer Beziehung aussteigen, drängt sich der Eindruck auf. Von wochenlangem Schweigen zwischen den Partnern ist da die Rede, von Desinteresse, Lieblosigkeit, Rücksichtslosigkeit. Wer wollte einer Frau verübeln, aus einer solchen Ehehölle auszubrechen? Glücklicherweise sind die meisten Frauen heutzutage nicht mehr wirtschaftlich von ihren Männern abhängig; sie können sich – anders als früher – eine Scheidung »leisten«.

Spricht man hingegen mit verlassenen Männern, so hört man immer wieder die verzweifelte Frage: »Was will sie denn noch alles?«

Soll heißen, nun hat sie schon Ehemann, Kinder und Beruf und trotzdem ist sie unzufrieden und fragt sich, ob das schon alles gewesen sein kann.

Vielleicht verlangen beide zu viel voneinander, die Männer und die Frauen. Seit nicht mehr geheiratet wird, um den Hof zu erhalten oder versorgt zu sein, sondern aus Liebe, sind die gegenseitigen Ansprüche ins Uferlose gewachsen. Der andere ist für mein Glück verantwortlich, und wenn er mir das nicht liefert, ziehe ich mich enttäuscht zurück. Männer und Frauen passen eben nicht zusammen, bitte schön, da haben wir's wieder!

Leider haben viele Männer und Frauen sich aber, wenn sie zu dieser Erkenntnis gelangt sind, bereits fortgepflanzt, und dann wird es kompliziert. Ähnlich wie der Beziehungspartner werden auch Kinder oft als Glückslieferanten missverstanden, die dazu da sind, dass ich mich gut fühle. Aber das Gegenteil ist der Fall: Ich bin dafür da, dass meine Kinder sich gut fühlen. Ich habe Verantwortung auf mich genommen, als ich sie in die Welt gesetzt habe. Und diese Verantwortung endet nicht, weil ich mit meinem Partner in die Krise geraten bin.

Verstehen Sie mich bitte nicht falsch: Ich plädiere nicht dafür, eine unglückliche Beziehung fortzuführen. Ich denke nur, man kann eine Menge tun, um eine Beziehung gar nicht erst so weit (ver)kommen zu lassen. »Beziehungsarbeit« heißt dieser Versuch, und er beginnt schon viel früher, lange vor einer möglichen Krise. Klingt schrecklich anstrengend, ist es oft auch. Aber wer hat gesagt, dass die Liebe keine Anstrengung erfordert?

Die Partner einer deutschen Durchschnittsehe reden pro Tag acht Minuten miteinander (viele halten sogar das für hochgegriffen!) Ist es ein Wunder, wenn Jahr um Jahr der Frust und die Enttäuschung darüber wachsen, dass aus der Liebesbeziehung von einst eine Alltagsbewältigungsfirma geworden ist? Dass die Gespräche sich nur noch um Geld, Kindererziehung und den Wochenendeinkauf drehen, aber nicht mehr um gemeinsame Wünsche, Pläne und Träume?

Es gibt kein Patentrezept für eine gute Beziehung. Aber es gibt einen sicheren Weg, eine Beziehung zu ruinieren: Nicht miteinander zu reden. Denn gerade *weil* Männer und Frauen nicht zusammenpassen, müssen sie so viel wie möglich voneinander erfahren.

Was du nicht willst, das man dir tu…

Neulich bekam ich eine Flasche Wein geschenkt. Einen ziemlich guten Wein, nicht vom allerfeinsten, aber total in Ordnung. Die Sorte Wein eben, die man gerne verschenkt. Die Flasche hatte nur einen Fehler: Sie stammte aus meinem eigenen Weinkeller.

»Hallo, da bist du ja wieder!«, dachte ich überrascht, als mein Gast sie mir in die Hand drückte. Ein paar Wochen vorher hatte ich genau diese Flasche zu einem Abendessen mitgebracht, zu dem ich eingeladen war. Tja, und wie es aussah, hatte sie ein paar Runden in unserem Freundeskreis gedreht und war nun zu mir zurückgekommen.

Das Prinzip des »Geschenke-Recyclings« ist nicht neu. Schon immer wurde gerne weiter verschenkt, was den Geschmack des Beschenkten nicht getroffen hat. Es gehört sich zwar eigentlich nicht (warum eigentlich nicht?), ist aber ein Gebot der Vernunft. Warum soll ich eine Vase behalten, die mir überhaupt nicht gefällt, bei Frau Maier von nebenan aber einen Schrei des Entzückens auslöst? Und warum soll dieses Geschenk weniger von Herzen kommen, als eines, was ich eigens für Frau Maier erworben hätte? Ein ungeliebtes Präsent weiter zu verschenken ist schon aus Gründen des Umweltschutzes angebracht. Denn sonst landet es früher oder später doch im Hausmüll.

Jeder weiß, wie schwer es ist, den Geschmack eines anderen zu treffen. Das Prinzip, immer Dinge zu verschenken, die man eigentlich am liebsten behalten würde, hilft da auch nicht weiter. Was hat der Beschenkte davon, wenn ich ihm genau die CD schenke, die ich selbst gerne hätte, die er aber schon in zweifacher Ausführung besitzt (und die ihm obendrein vielleicht trotzdem nicht gefällt?) Auch der umgekehrte Weg ist nicht unbedingt erfolgversprechend: Die Tatsache, dass manche Menschen einen anderen Geschmack haben als man selbst, bedeutet nicht automatisch, dass ihnen die Dinge zusagen, die wir scheußlich finden. Außerdem widerstrebt es mir persönlich, Sachen zu verschenken, die mir nicht gefallen.

Eine alte Volksweisheit besagt, dass Schenken meist den Schenkenden glücklicher macht, als den Beschenkten, biblisch ausgedrückt: »Geben ist seliger denn Nehmen.«

Vielleicht ist das der Grund dafür, dass unsere Gesellschaft von einer wahren Geschenkeritis befallen ist. Man wagt kaum noch, eine andere Wohnung zu betreten, ohne ein Mitbringsel in Händen zu halten. Wird doch irgendwie erwartet, oder? Ist ja auch nett, zweifellos. Und muss ja auch nichts Großes sein, die Geste alleine zählt. Aber auch nette Kleinigkeiten zu finden, kostet Zeit (vom Geld reden wir jetzt mal gar nicht.).

Wenn ich an all die Geburtstage, Abendessen, Nachmittagskaffees, Hochzeiten, Gartenfeste und Housewarmingpartys denke, zu denen ich so eingeladen bin, könnte ich aus dem Geschenke-Einkaufen glatt einen Beruf machen. Ganz zu schweigen von den zahllosen Kindergeburtstagen, zu denen Leo und Paulina natürlich auch tolle Geschenke mitbringen wollen. Nicht zu vergessen die Geburtstage der Patenkinder meines Mannes, an die ich erstens denken muss (weil mein Mann sie vergisst), und für die ich zweitens ebenfalls die Geschenke besorgen muss. Wenn wir beide eingeladen sind, ist eh' klar, wer sich ums Mitbringsel kümmert. (»Du kannst das doch so gut…!«)

Von wegen. Ganz selten habe ich mal eine originelle Idee, aber meistens greife ich aufs Konventionelle zurück. Klar, Bücher, CDs, Blumen, Pralinen oder Parfüm kann man immer brauchen. Aber es gibt Menschen, die haben ein echtes Talent zum Schenken. Denen fällt immer irgendwas besonders Liebevolles oder Lustiges ein und dann schämt man sich für die eigene Einfallslosigkeit. Oft sind sie kreativ begabt und können andere mit selbst gekochter Marmelade, selbst gebackenen Plätzchen oder selbst gezogenen Kerzen erfreuen. Diese Dinge haben den persönlichen Touch, der ein Geschenk zu etwas Besonderem macht, da kann was Gekauftes nicht mithalten. Leider bin ich handwerklich völlig unbegabt und meine Plätzchen taugen gerade mal für den Eigenverzehr. Aber wenigstens stehe ich mit meinem Problem nicht alleine da, das belegen die zahlreichen Bücher, CDs, Blumen und Pralinen, die ich selbst geschenkt kriege (und über die ich mich trotzdem freue, das muss mal gesagt werden)!

Besonders geschickte Schenker ziehen sich mit einem Gutschein aus der Affäre. Je ausgefallener das versprochene Geschenk, desto größer der Eindruck. Und desto besser die Chancen, dass der Beschenkte auf die Einlösung des Gutscheins verzichtet. Ein Fallschirmsprung oder eine Ballonfahrt ist eben nicht jedermanns Sache...

Wenn ich völlig ratlos bin, greife ich mitunter nach einem profanen aber wirkungsvollen Mittel: Ich rufe den zu Beschenkenden (oder jemanden, der ihm nahe steht) an, und frage, worüber er sich freuen würde. Besonders bei Kindern empfiehlt sich das, denn woher soll ich wissen, worauf ein Zehnjähriger gerade abfährt und was zurzeit die angesagten Kultobjekte im Kinderzimmer sind? Aber auch Erwachsene sind oft dankbar, wenn sie einen Wunsch äußern können, statt sich später mit einem ungeliebten Geschenk abzuplagen.

Im Zweifelsfall gilt: Verschenke nur, was du selbst auch nehmen würdest, denn du weißt nicht, ob dein Geschenk nicht eines Tages zu dir zurückkehrt!

Das Leben – ein Spiel?

Ehrlich gesagt beneide ich Leute, die Spaß am Spielen haben. Die sich eine kindliche Freude am So-tun-als-ob bewahrt haben und sich einen ganzen Abend mit »Mau Mau«, »Tabu« oder »Die Siedler von Catan« unterhalten können. Die einen Modellflieger über eine Wiese gleiten lassen und dabei die Welt vergessen können. Die stundenlang Patiencen legen und sich dabei völlig glücklich fühlen.

Ich selbst kann das leider nicht. Spielen ist für mich der Inbegriff von Müßiggang und Zeitverschwendung. Während ich Karten mische, irgendwelche Spielzüge vollführe oder auf den Absturz des Modellfliegers warte, verrinnt die Zeit. Zeit, in der ich ein schönes Buch lesen könnte. Zeit, in der ich ein Gespräch mit einem mir nahe stehenden Menschen führen könnte. Zeit, in der ich einfach nur vor mich hinträumen oder ein bestimmtes Problem in Gedanken bearbeiten könnte.

Spielen erscheint mir so ineffizient, so wenig zielgerichtet. Ich kann es tun oder ich kann es lassen, es ändert nichts und hat keine Auswirkungen auf mein Leben. Deshalb macht es mir keinen Spaß. An geselligen Abenden fürchte ich den Moment, wo irgendein gut gelaunter Erwachsener eine Spielesammlung herauszieht und fragt: »Na, wie wär's mit einer Runde?«

Wenn ich dann gezwungenermaßen am Spieltisch sitze, versuche ich, dem Spiel seinen fehlenden Ernst zu verleihen, indem ich mich verbissen und bis zum Äußersten entschlossen in die Sache reinstürze. Mit ekelhaftem Perfektionismus wache ich über die Einhaltung der Regeln und versuche ehrgeizig, auf keinen Fall zu den Verlierern zu gehören. Wenn ich schon spielen muss, dann will ich gewinnen! Dann hat das Ganze wenigstens den Zwecke, mein Ego ein bisschen zu hätscheln. Richtig unsympathisch finde ich mich selbst in diesen Momenten und deshalb versuche ich, dem Zwang zum Spielen nach Möglichkeit auszuweichen.

Wer Kinder hat, muss spielen, daran führt kein Weg vorbei. Solange es sich darum handelte, eine Holzeisenbahn mit »Tschtschtsch«-Geräusch umherzuschieben oder bunte Klötzchen aufeinander zu stapeln, konnte ich das entspannt sehen. Ich fand es zwar nicht besonders aufregend, aber meinen Kindern zuliebe habe ich es auf mich genommen. Schon bald waren die lieben Kleinen aber in der Lage, komplexere Spiele zu begreifen und inzwischen sind sie leidenschaftliche Spieler von Gesellschafts- und Computerspielen und ich muss ran, ob ich will oder nicht. »Rommee«, »MasterMind«, »Malefiz«, »Tetris« – unser Repertoire an zeitvernichtenden Betätigungen ist beachtlich. Das Schlimme ist, dass meine Kinder in kürzester Zeit jedes Spiel besser beherrschen, als ich – ganz mies fürs Ego! Außerdem können sie ein Spiel hunderte von Malen wiederholen, ohne dass ihnen langweilig wird. Und sie sind noch schlechtere Verlierer als ich. Gelegentlich fliegen deshalb bei uns die Fetzen und nicht selten wirbelt ein Kartenspiel durch die Luft oder eine Tür knallt wütend ins Schloss.

Inzwischen habe ich begriffen, dass Spielen eine Art Trockenübung fürs Leben ist. Man lernt vieles, was einem später nützlich sein kann. Strategisches Denken zum Beispiel, oder die Fähigkeit, den richtigen Moment abzuwarten. Auch Verlieren will gelernt sein. Und Gewinnen, ohne sich die anderen zu Feinden zu machen, sollte man ruhig auch mal üben.

Vielleicht wäre es überhaupt nicht so verkehrt, die Prinzipien des Spielens häufiger aufs Leben anzuwenden. Zum Beispiel nicht immer gleich damit rauszuplatzen, wenn man gute Karten hat. Mal ein Pokerface zu machen, wenn das Blatt nicht so gut ist. Den Zug des anderen abzuwarten, bevor man selbst handelt. Und auch mal was zu riskieren.

Manche Menschen schaffen es ja, das ganze Leben als eine Art Spiel zu betrachten. Sie nehmen die Dinge leichter, eben »spielerischer« – und manchmal führt gerade das zu ungeahnten Erfolgen. Auch im Leben werden die Karten ständig neu gemischt und wer eine Runde verloren hat, kriegt meist eine neue Chance. Fairplay ist eine Tugend, die auch außerhalb des Spielfeldes geschätzt wird. Und mit Regeln haben wir schließlich unser ganzes Leben lang zu tun.

Elternschaft ist Geiselhaft

Erstens kommt es anders, zweitens als man denkt. Diese schöne Lebensweisheit passt eigentlich immer, besonders zutreffend ist sie aber im Bezug auf Kinder, vorrangig die eigenen.

Bei mir begann es damit, dass ich eigentlich keine Kinder wollte. Zu nervig, zu teuer, zu anstrengend – außerdem: Lange Zeit war weit und breit kein Kerl zu sehen, mit dem man ein solch waghalsiges Projekt wie die Gründung einer Familie hätte in Erwägung ziehen können. Und allein erziehende Mutter sein? Gott bewahre, davor hatte ich mehr Panik als vor einem Raucherbein. (Wenn ich in Umfragen gefragt werde, wer für mich die Helden unserer Zeit sind, antworte ich immer: Allein erziehenden Mütter und Väter.)

Nun gut, wie das Leben so spielt tauchte überraschenderweise doch irgendwann ein Vertreter der männlichen Spezies auf, der mich zur Fortpflanzung bewegen konnte. Ich bekam einen Sohn, und siehe da: Es war ganz anders, als erwartet. Viel anstrengender. Und viel schöner. Mein Kerl und ich hatten also nichts Besseres zu tun, als bald darauf noch einen zweiten Stören-

Fried in die Welt zu setzen. Der sollte laut Ultraschall-Untersuchung ebenfalls männlichen Geschlechts sein, aber denkste: Es war ein Mädchen.

Und so ging es immer weiter mit den Überraschungen. Wie alle jungen Eltern hatten wir stapelweise Bücher über Kindererziehung und gesunde Ernährung gelesen, wussten also genau, wie Kinder zu sein hatten, was sie wann zu lernen und welche Nahrungsmittel sie zu essen hatten. Fehlanzeige. Unsere Kinder dachten nicht daran, sich ratgebergerecht zu verhalten. Sie aßen das Gegenteil von dem was sie sollten. Sie lernten Sachen zu früh, zu spät oder gar nicht. Sie verhielten und verhalten sich bis heute auf eine Weise, die ich nur mit dem Begriff »erziehungsresistent« bezeichnen kann.

Dabei hatten wir die besten Absichten. Geduldig, liebevoll und selbstverständlich gewaltfrei wollten wir unsere Kinder erziehen. Wir wollten nicht brüllen, alle Verbote einleuchtend begründen, und uns bei Rückschlägen nachsichtig zeigen. Irgendwie erwarteten wir, dass unsere Kinder bei so viel gutem Willen gar nicht anders können würden, als folgsam zu sein.

Natürlich tun die beiden hin und wieder mal, was wir wollen. Aber nicht etwa aus Einsicht, oder weil sie ihren Eltern eine Freude machen wollen. Nein, sie folgen, wenn sie sich davon etwas versprechen. Eine Halbzeit des Bayern-Spiels. Süßigkeiten. Das neue Pokémon-Stickeralbum.

Ihre Wünsche und unsere Wünsche sind zur permanenten Verhandlungsmasse geworden; längst hat das verpönte »Wenn-Dann-Prinzip«

gesiegt, das von allen aufgeklärten Menschen abgelehnt wird. (Allerdings nur so lange, bis sie Kinder haben.)

Eines Tages stellt man fest, dass Erziehung und Erpressung so ziemlich dasselbe sind, und man sich als Eltern in der Hand kleiner Terroristen befindet. Elternschaft ist Geiselhaft. Aus dem Haftgebäude kann man sich nur entfernen, wenn man die Bewacher mitnimmt und unterwegs regelmäßig mit Eis und Getränken bei Laune hält. Oder man stellt für eine gewisse Zeit eine Ersatzgeisel, auch Babysitter genannt, die man teuer entlohnt.

Es erschüttert mich immer wieder, zu erkennen, wie viel Macht unsere Kinder haben, und wie ohnmächtig wir dagegen sind. Eigentlich sitzen sie immer am längeren Hebel, denn wenn man sich einmal entschlossen hat, sie nicht zu züchtigen (und von diesem Prinzip sind wir nicht abgerückt), hat man schon verspielt. Versuchen Sie mal, meine Tochter zu etwas zu bewegen, was sie nicht will, Zimmer aufräumen zum Beispiel, oder Hausschuhe anziehen. Da könnten Sie genau so gut probieren, einen Pudding an die Wand zu nageln.

Mit diesen kräftezehrenden Kämpfen rechnet man nicht, wenn man dem Ruf der Hormone folgt und seinen von der Evolution vorgesehenen Beitrag zur Arterhaltung leistet. Eigentlich, so hat man das Gefühl, müsste einem doch irgendwer mal dankbar sein! Stattdessen wird uns von der Brut vorgehalten, andere Eltern seien v i e l netter.

Das Komische ist, dass man die kleinen Terroristen lieb gewinnt, dass man irgendwann nicht mehr ohne sie leben möchte, auch wenn man sich hie und da nach dem Ende der Geiselhaft sehnt. Tja, und wenn das dann schließlich gekommen ist, würde man am liebsten die Geiselnehmer einsperren, damit sie einen nicht verlassen können.

Nur Zuhausebleiben ist schöner

Als ich noch jung und dumm war dachte ich: An dem Tag, an dem mir jemand ein Flugticket bezahlt, an dem habe ich es geschafft. Es hat nicht allzu lange gedauert, bis ich mein erstes, von einem Fernsehsender bezahltes, Ticket am Lufthansa-Schalter abholen konnte. Jetzt habe ich es geschafft, dachte ich.

Fast zwanzig Jahre und ungefähr fünfhundert Flüge später weiß ich: Es hat mich geschafft. Das Fliegen nämlich.

Das soll jetzt nicht eine dieser prätentiösen Ach-wie-schlecht-ist-der-Service-an-Bord-Klagen werden. Für mich ist das Fliegen die schnellste Fortbewegung von A nach B, und nicht eine Veranstaltung, bei der ich besonders gepampert werden möchte. Eigentlich bin ich immer gerne geflogen, weil mir als ungeduldigem Menschen die schnelle Fortbewegung entgegen kommt.

Aber, mal ehrlich: Inzwischen ist das Reisen in Flugzeugen zu einer Art mobiler Massenmenschhaltung geworden, bei der man froh sein kann, wenn man unbeschadet wieder rauskommt. Nicht genug, dass die Sitzreihen so eng sind, dass sogar klein geratene Menschen wie ich unter Wadenkrämpfen zu leiden haben. Ich kann mich auch des Eindrucks nicht erwehren, die Mitreisenden würden immer rücksichtsloser und unhöflicher. Wenn man nicht in eine Schlägerei um einen fehlerhaft vergebenen Sitzplatz verwickelt wird, hat man gute Chancen, von einem aus der Ablage gezerrten Aktenkoffer erschlagen zu werden. Eine weitere mögliche Todesart ist das Sterben an Langeweile, wenn einem der Sitznachbar während des gesamten Fluges die Zusammenhänge zwischen dem Entstehen des Zweibeiners und dem Aussterben der Dinosaurier erläutert.

Was viele Leute quält, nämlich die Angst vor einem Absturz, hatte ich eigentlich nie. Ich habe mich immer sicher gefühlt, weil statistisch gesehen die Autofahrt zum Flughafen ein vielfaches riskanter ist als der Flug selbst. Da ich Zeit meines Lebens viel mehr Auto gefahren als geflogen bin und mich bester Gesundheit erfreute, fühlte ich mich in Flugzeugen so sicher wie in Abrahams Schoss.

Als neulich allerdings kurz nach dem Start ein Triebwerk ausfiel, und kreidebleiche Stewardessen die Passagiere bis zur Notlandung beruhigten, war mein Glaube an die Statistik etwas erschüttert. Seit sich bei einem anderen Flug das Fahrwerk der Maschine nicht mehr einfahren ließ, was ebenfalls eine außerplanmäßige Landung nach sich zog, sind Statistiken für mich abgehakt. Obwohl ich mein statistisches Soll an Beinahe-Katastrophen erfüllt habe, fühle ich mich beim Einsteigen in ein Flugzeug nicht mehr sicher. Wer sagt denn, dass sich nicht der alte Aberglaube »Aller guten Dinge sind drei« bewahrheitet? Und beim dritten Mal habe ich dann vielleicht kein Glück, soll ja vorkommen.

Konsequenterweise müsste ich das Reisen mit dem Flugzeug einfach bleiben lassen. Weil ich das aber nicht kann, habe ich mich auf eine Kombination aus Verdrängen und Beten verlegt. Auf dem Weg ins Flugzeug denke ich: »Wird schon gut gehen.« Beim Start: »Bitte, lieber Gott, lass es gut gehen!« Und bei den ersten Turbulenzen: »Lieber Gott, wenn du es schon nicht gut gehen lässt, dann lass es wenigstens schnell gehen!«

Wenn man also auf diese Weise an die Grenzen der menschlichen Existenz herangeführt worden ist, kann man über kleinere Ärgernisse an Bord entspannter hinwegsehen. Früher hätte ich mich über die Stewardess, die sich geweigert hat, mir eine Zeitung zu bringen, obwohl ich im Besitz eines fast tausend Mark teuren Business-Tickets war, sicher furchtbar aufgeregt. Heute sage ich im Stillen zu ihr: Egal, ob *ich* nun an die Statistik glaube oder nicht, bei *deiner* Flughäufigkeit ist die Wahrscheinlichkeit ziemlich hoch, dass *du* eines Tages abstürzt! Jedenfalls viel höher als bei mir.

Manchmal bin ich richtig traurig, dass ich meinen naiven Glauben an die Unfehlbarkeit von Mensch, Technik und Statistik eingebüßt habe. Was war das Reisen entspannend, als ich noch keine Flugangst hatte! Inzwischen sehe ich die Sache so: An dem Tag, an dem ich es mir leisten kann, nirgendwo mehr hinzufliegen, obwohl das Ticket bezahlt ist – an dem Tag habe ich es geschafft!

Es lebe die Fantasie

Die Familie beim Mittagessen. Leo, gerade in die vierte Klasse gekommen, erzählt aus der Schule: »Wir haben mit dem schriftlichen Multiplizieren angefangen, und als Nächstes kommt das Dividieren.«

Paulina, vor zwei Wochen eingeschult, setzt eine wichtige Miene auf und sagt: »Also, wir mussten heute eine Geschichte schreiben.«

Allgemeine Verblüffung. Leo sagt: »Du lügst!« Paulina weist diese Unterstellung empört zurück.

Schon als Vierjährige verblüffte uns unsere Tochter mit der Fähigkeit zu lügen, dass sich die Balken biegen. Sie erzählte von seltsamen Begegnungen mit Leuten. Sie berichtete von wundersamen Ereignissen aus dem Kindergarten. Sie beschrieb Menschen, die es gar nicht gab. Sie machte sich ihr eigenes Bild von der Wirklichkeit und vermittelte es so überzeugend, dass wir oft auf ihre Schilderungen reinfielen und erst später merkten, dass eine Geschichte von A bis Z erfunden war.

Nun kann man nicht behaupten, dass Paulina aus der Art schlägt. Ihr Vater hat Zeit seines Lebens seine Mitmenschen durch das Erzählen erfundener

Geschichten verblüfft, und verdient heute sein Geld als Drehbuchautor. Ihre Mutter war ebenfalls als Kind ziemlich fantasiebegabt und gab sich wahlweise als Waisenkind oder als Angehörige eines Wanderzirkus aus. Auch sie lebt heute nicht ganz schlecht vom Verfassen von Geschichten.

Wie sollen also gerade wir unserem Kind klar machen, dass das Erfinden von Geschichten – und nichts anderes ist ja das Lügen – eine schändliche und verbotene Sache wäre?

In vielen Kulturen gilt das Geschichtenerzählen als große Kunst und erstrebenswerte Tugend. Dort spürt man geradezu die Verpflichtung, seine Mitmenschen zu unterhalten, ihnen etwas zu bieten – denken Sie nur an die Erzählungen aus Tausendundeiner Nacht.

Unsere Kommunikation wäre ebenfalls unterhaltsamer, wenn unsere Gesprächspartner sich häufiger mal etwas Überraschendes einfallen ließen, und nicht immer nur das erzählten, was wir ohnehin von Ihnen erwarten. Ob eine Geschichte wahr oder erfunden ist, interessiert einen auch gar nicht mehr so sehr, wenn sie gut erzählt ist.

Warum wir also unseren Kindern die Fantasie austreiben sollen, indem wir ihre Geschichten als »Lügen« brandmarken, ist eigentlich nicht einzusehen. Fantasiebegabte Menschen tun nicht nur etwas für ihre Mitmenschen, sondern auch für sich selbst. Ihre Welt ist bunter und interessanter, und sie können sich manch schwierige Situation erträglicher machen, indem sie sich in ihr Fantasiereich zurückziehen. Ein schönes Beispiel aus der Literatur ist die Figur der Edith von Patricia Highsmith, die sich ihren schrecklichen Alltag und ihre Ehemisere in einem Tagebuch einfach schön schreibt, um sie aushalten zu können. Das geht natürlich am Ende nicht gut, aber das liegt daran, dass es ein Krimi ist. Die Welt ist, wie wir sie sehen, und manchmal muss man eben ein bisschen nachhelfen.

Wer selbst nicht genug Fantasie hat, muss auf fremde Einfälle zurückgreifen. Der Erfolg von Familienserien und Daily Soaps im Fernsehen zeigt, dass wir uns alle gerne mal vom eigenen Leben ablenken und in ein anderes entführen lassen, auch wenn sich das von unserem gar nicht so fundamental unterscheidet. Aber aus irgendeinem Grund finden wir den Alltag von Mutter Beimer, Ally McBeal und anderen erfundenen Gestalten spannender als unseren eigenen. Dabei stecken im Leben eines jeden Menschen Geschichten. Man muss sie nur finden. Und erzählen. Dabei sollte man durchaus seine Fantasie bemühen, denn eine wahre, aber langweilige Geschichte ist die weitaus größere Sünde als eine ausgeschmückte, aber unterhaltsame.

Natürlich sind dem Ausleben der Fantasie Grenzen gesetzt. Bei Steuererklärungen oder Zeugenaussagen wird diese Fähigkeit äußerst gering geschätzt. Hochstapelei, die natürliche Fortsetzung des Geschichtenerzählens, gilt als Straftatbestand. Und Heiratsschwindelei, die Königsdisziplin der Fantasiebegabten, ist eigentümlicherweise auch nicht sehr anerkannt. Dabei bin ich überzeugt, dass ein guter Heiratsschwindler – wenigstens für eine gewisse Zeit – mehr Freude ins Leben seines Opfers bringt als ein langweiliger Ehemann.

Damen sind dämlich

»Aus dir wird nie eine Dame!« höre ich meine Mutter noch seufzen, als ich, gerade elf Jahre alt, einen Klassenkameraden windelweich geprügelt hatte. (Ich muss zu meiner Ehrenrettung sagen, dass der Knabe mich vorher monatelang gequält und gehänselt hatte, er hatte die Abreibung wirklich verdient...)

Eine Dame zu werden erschien mir damals aber durchaus noch erstrebenswert; meine Mutter war schließlich auch eine, und ihre Freundinnen ebenfalls. Damen trugen elegante Kleider, hatten gut verdienende Ehemänner und gepflegte Einfamilienhäuser in ruhigen Wohngegenden. Damen sprachen nicht mit vollem Mund, schlugen vornehm die Beine übereinander und saßen aufrecht bei Tisch. Irgendwie hatten sie etwas Überlegenes an sich, als wüßten sie immer und jederzeit, was das Richtige wäre. Außerdem wurden ihnen von den Herren die Autotüren geöffnet und die Mäntel abgenommen. Auch habe ich nie eine Dame im Restaurant selbst bezahlen sehen.

Inzwischen hat sich das Frauenbild völlig verändert, und die »Dame« ist zur aussterbenden

Art geworden; glücklicherweise, möchte man fast sagen. Nichts gegen Eleganz, gute Umgangsformen und höfliches Auftreten. Das sind Eigenschaften, die jeden schmücken. Aber so genannte »richtige Damen« wirken heutzutage doch ganz schön unzeitgemäß. Wenn uns eine Frau gefällt, würden wir sagen: »Das ist eine tolle Frau!«, nicht: »Sie ist eine richtige Dame.« Das Dame-Sein an sich ist kein Wert mehr, weil es nur Äußerlichkeiten bezeichnet, nichts mit der Persönlichkeit oder der Leistung einer Frau zu tun hat. Sich teuer zu kleiden, die Beine sittsam zu verschränken und keine unflätigen Reden zu schwingen kann eigentlich jede/r, das ist nicht gerade ein besonderer Verdienst. Die Bezeichnung »damenhaft« ist, anders als früher, kein Kompliment mehr. Eher bezeichnet es eine Frau, die ein bisschen abweisend, verklemmt und spießig ist, statt lebenslustig, zupackend und sympathisch.

Was bin ich heute froh, dass keine Dame aus mir geworden ist!

Und zum Glück auch keine Gattin. Das ist auch so ein Un-Wort. G-a-t-t-i-n – kommt das von »begatten?« Gatte und Gattin bei der Begattung, du lieber Gott! Umso schöner, dass heutzutage auch unverheiratete Partner sich gegenseitig als »mein Mann« und »meine Frau« vorstellen.

Der »Lebensabschnittsgefährte« hatte glücklicherweise nur eine relativ kurze Lebensdauer; ist ja auch echt ein Trennungsgrund. »Darf ich vorstellen, mein Lebensabschnittsgefährte Michael!« – nein, vielen Dank. Wenn allerdings Menschen in den besten Jahren von ihren Liebsten als »mein

Freund« oder »meine Freundin« sprechen, klingt das auch irgendwie merkwürdig. Immer noch besser allerdings, als die unsägliche Bezeichnung »mein Bekannter«.

Anders der »Partner«, der hält sich hartnäckig, obwohl das doch ziemlich geschäftsmäßig klingt. Aber bei ihm denkt man wenigstens an vergleichsweise positive Begriffe wie Partnerschaft, Teamgeist, gegenseitige Unterstützung und Zusammengehörigkeit. Auch wenn zur Liebe doch noch ein bisschen mehr gehören sollte.

Endgültig sein Leben ausgehaucht hat das »Fräulein«; gemeuchelt von eifrigen Feministinnen, die es zum Glück allerdings nicht geschafft haben, das maskuline Pendant, das »Herrlein« zu etablieren. Beim »Fräulein« stelle ich mir immer das Gretchen vor, als es die Anbaggerungsversuche des Herrn Doktor Faust mit den Worten zurückweist: »Bin weder Fräulein, weder schön, kann ungeleit' nach Hause gehn!« Ganz schön emanzipiert gewesen, das Mädchen; wollte auch kein »Fräulein« sein, wer könnte es ihm verübeln. Wer heutzutage eine Kellnerin oder Verkäuferin noch als »Fräulein« anspricht, ist wirklich von vor-vor-gestern.

Aber wenn wir gerade dabei sind: Mit den »Herren« ist es auch nicht mehr weit her. Herrlich waren die meisten sowieso nie; mit der Allein»herr«schaft ist es glücklicherweise auch vorbei, und wenn wir von einem Mann sprechen, der uns gefällt, sagen wir auch nicht: »Ich habe da einen interessanten Herrn kennen gelernt«, sondern sprechen von einem »tollen Mann« oder einem »guten Typen«.

Wie so oft spiegelt der Sprachgebrauch gesellschaftliche Veränderungen wieder, und das allmähliche Aussterben bestimmter Bezeichnungen bedeutet, dass Schichtunterschiede sich verwischt haben, dass mehr Demokratie herrscht, und mehr Bewusstsein über Männer- und Frauenrollen. Darüber sollten wir uns freuen. Und darüber, dass »Damen« und »Herren« bald nur noch da vorkommen, wo sie hingehören: Auf Toilettentüren!

Biotop der Seltsamkeiten

Ich geb's ja zu, ich hab ein schizophrenes Verhältnis zum Medium Fernsehen.

Einerseits gehe ich beim Fernsehen seit achtzehn Jahren meinem Beruf nach, der mir eine Menge Spaß gebracht und mich ordentlich ernährt hat. Andererseits reglementiere ich den Fernsehkonsum meiner Kinder aufs Strengste, weil ich sicher bin, dass zu viel Fernsehen blöd macht. Und selbst sehe ich so wenig fern, dass die monatlichen Gebühren nebst der Kosten für Satellitenanlage, Receiver und den ganzen Premiere-World-Krempel glatte Verschwendung sind. Sicher wundert es Sie auch nicht, dass ich meinen Videorekorder noch immer nicht programmieren kann, obwohl ich schon vor längerem geschworen habe, es zu lernen.

Im Grunde glaube ich, dass der Fernsehapparat eine Lebenszeitvernichtungsmaschine ist, und dass es fast immer etwas Besseres zu tun gibt, als fernzusehen. Aber hin und wieder, an diesen Abenden an denen ich völlig geschafft bin vom Leben im Allgemeinen und meinem Alltag im Besonderen, kapituliere auch ich und knalle mich vor die Glotze. Mit der Fernbedienung in der Hand navigiere ich mich durch den Dschungel aus Schwachsinn, Langeweile und Geschmacksterror, der mir aus den meisten Kanälen entgegenwuchert. Bis ich auf etwas Unerwartetes stoße. Auf eine Dokumentation über den Quastenflosser (wussten Sie, dass wir auch von dem abstammen?) Auf einen Sumoringkampf zwischen Takacho und Yomasuni (haben Sie einmal gesehen, wie diese wogenden Fleischberge aufeinander losgehen, um sich mit erstaunlicher Behändigkeit aus dem Ring zu stoßen? Faszinierend!). Auf einen französischen Schwarz-Weiß-Film von 1949 (wie viel schöner als die quietschbunten Bilder von heute). Auf eine vierstündige Zusammenfassung von »Woodstock« (seufz! Muss toll gewesen sein. Leider war ich damals erst zehn).

Ich fürchte, ich habe einen ziemlich abseitigen Geschmack. Während ich mich bei dem endlosen Dummgequatsche von »Big Brother« zu Tode langweile, die meisten Fernsehspiele zum Gähnen finde, und Talkshows lieber moderiere als ansehe, können mich ein gut gemachter Tierfilm oder alte Konzertaufnahmen total begeistern. Ich finde Fernsehen dann spannend, wenn ich entweder was Neues erfahre, oder in Erinnerungen schwelgen kann. Das Hier und Heute der Fernsehunterhaltung, der deutsche Krach-Bumm-Humor der Comedy-Sendungen, die Pseudoaktualität der Boulevard-Magazine, die falschen Gefühle der Daily Soaps – all das lässt mich kalt. Da finde ich das wahre Leben unterhaltsamer.

Vielleicht habe ich deshalb auch diese Schwäche für Dokumentationen. Neulich gab's zum

Beispiel einen Film über die Grand Central Station in New York. Ein Film über 'nen Bahnhof werden Sie sagen, was soll daran schon interessant sein? Es waren die Menschen, die ihn interessant gemacht haben. Die Frau hinterm Auskunftsschalter, die dort seit fünfzehn Jahren sitzt und ihre Beobachtungen macht. Oder der Pensionär, der jeden Tag »seinen« Bahnhof besucht und inspiziert und alles meldet, was nicht in Ordnung ist, das klemmende Absperrgitter, oder der Kleiderhaufen in der Ecke.

Anrührend fand ich auch einen Film über Singles auf der Suche nach dem richtigen Partner. Wie viel Sehnsucht, Traurigkeit und Hoffnung diese Menschen vermittelt haben! Die dicke Frau, die immer mit ihrer Freundin im Café sitzt und rechnet, wie viel Zeit ihr noch bleibt, um einen Mann zu finden und Kinder zu bekommen. Der smarte, aber einsame Geschäftsmann, der ein Flirt-Seminar besucht, um zu lernen wie man eine ganz normale Unterhaltung führt. Der gealterte Abenteurer, der den verpassten Chancen seiner Jugend nachtrauert und sich überlegt, wie Mandy, Chrissy und Jane wohl heute aussehen, und welche von ihnen die bessere Ehefrau abgegeben hätte.

Meistens erzählt das Leben für meinen Geschmack die spannendsten Geschichten, aber eine Ausnahme soll nicht unerwähnt bleiben: Eine japanische Unterhaltungssendung namens »Takeshis Castle«, bei der die Mitspieler ständig volle Kanne gegen irgendwelche Wände, über wackelige Hängebrücken und in gefüllte Wassertümpel rennen, und sich dabei offenbar köstlich amüsieren. Ich muss zugeben, dass ich das auch ziemlich unterhaltsam finde, weil das Verhalten dieser Leute mindestens so seltsam ist wie das der Quastenflosser. Ähnlich lustig fand ich eigentlich nur noch eine Heimwerkersendung im österreichischen Fernsehen, wo ausführlich erklärt wurde, wie man ein Badezimmereckregal anfertigt. Das hätte Loriot nicht besser hingekriegt!

Wo bleibt das Abenteuer?

Da hat man alles erreicht, was man sich so vorgestellt hat; Mann, Kinder, Beruf, Eigenheim – und eines Tages ertappt man sich bei diesem Satz, den man bisher nur andere hat sagen hören und immer ziemlich undankbar fand: DAS KANN DOCH NICHT ALLES GEWESEN SEIN!

Man erschrickt erstmal über sich selbst. Ist man also auch so ein undankbares Wesen, das nicht genug kriegen kann, obwohl man allen Grund hätte, zufrieden zu sein? Und dann kommt man ins Grübeln. Was ist »genug«? Warum hat man das Gefühl, es würde was fehlen im eigenen Leben, und was könnte es sein, das einem fehlt?

Plötzlich kommen Gedanken wie: Was wäre eigentlich gewesen, wenn ich Udo damals nicht geheiratet hätte? Wenn ich das Jobangebot ins Ausland angenommen hätte? Die Kinder später gekriegt hätte? Oder gar nicht? Wenn ich auf die Schauspielschule gegangen wäre, statt zur Hotelfachschule? Wenn ich alles anders gemacht hätte?

Man begreift, dass das eigene Leben einen völlig anderen Verlauf hätte nehmen können; dass es vielleicht ein Zufall ist, wie man heute lebt, und nicht etwa nur das Resultat seiner eigenen Pläne und Wünsche. Und dann fragt man sich natürlich, ob diese anderen, nicht gelebten Leben interessanter gewesen wären, aufregender, sensationeller? Hätte man einen tolleren Mann gefunden, einen spannenderen Beruf erlernt? Würde man vielleicht jetzt im Süden leben, statt im regnerischen Deutschland? Hätte man Erfahrungen gemacht, von denen man nicht mal zu träumen wagte; Erfahrungen kultureller, spiritueller oder erotischer Art? Vielleicht hätte man eine Wahnsinnskarriere gemacht, wäre reich und berühmt geworden, womöglich sogar ein Star?

Ach was, so viel verlangt man ja gar nicht. In Wahrheit ist es nur das Gefühl, das Ganze könnte ein bisschen, naja ... aufregender sein.

So wie früher, wenn man nächtelang rumzog, ohne dass die Eltern wussten, wo man war. Oder das erste Mal mit Freunden verreisen durfte. Oder sich mit sechzehn in den Film ab achtzehn schmuggelte. Oder frisch verliebt war. Diese Art Aufregung ist es eigentlich, die man vermisst.

Heute darf man alles, hat (fast) alles schon mal gemacht, nichts ist mehr neu oder besonders. Man kennt das Leben in- und auswendig, den Partner sowieso, der Alltag läuft mehr oder weniger nach Schema F und ist so berechenbar wie die nächste Steuererklärung. Es könnte ewig so weitergehen, schließlich hat man es so gewollt und ist ganz zufrieden. Aber bei dem Gedanken, dass es so weitergehen wird, womöglich bis ans Ende des Lebens, packt einen die blanke Panik.

DAS KANN DOCH NICHT ALLES GEWESEN SEIN!

Tja, und dann fängt man ein Verhältnis an, trennt sich vom Partner, macht eine Weltreise oder schmeißt seinen Job hin. Nur aus dem Gefühl heraus, dass was passieren muss, weil man sonst verrückt werden würde. Die anderen denken natürlich, man sei es längst. Dabei ist man nur aufgewacht aus dem Alltagstrott, der Routine und den lieb gewordenen Gewohnheiten.

Es kann doch so verkehrt nicht sein, sich mal klar zu machen, dass man durchaus Einfluss auf das eigene Leben hat. Dass dieses Leben nicht nur ein Produkt von Zufällen ist, und man selbst ein Spielball des launischen Schicksals.

Nein, das ist ganz und gar nicht verkehrt. Nur sollte man es am besten schon mal tun, bevor man sich so eingeengt fühlt, dass man alles kurz und klein schlagen muss, damit sich überhaupt noch was bewegt. Man braucht schon vorher kleine Fluchten aus dem Alltag, kleine Abenteuer und Erlebnisse, die das Leben ein bisschen aufregender machen. Eine Reise alleine, ein interessanter Workshop, eine neue Aufgabe im Beruf, eine spannende Sportart – kurz, Erfahrungen, die sich vom Alltäglichen abheben und unseren Adrenalinspiegel fröhlich ansteigen lassen.

DAS KANN DOCH NICHT ALLES GEWESEN SEIN?

Nein, keine Sorge, das war noch nicht alles. Jeden Tag warten neue Abenteuer auf uns, sofern wir bereit sind, uns auf sie einzulassen. Manche geben sich nicht auf den ersten Blick als Abenteuer zu erkennen. Aber auf die Dauer kriegt man ein Gefühl dafür, was spannend werden könnte. Also: Augen auf und hinein ins Leben!

Judy Blume

Judy Blume erzählt »Geschichten von Frauenfreundschaften, denen man sich nicht entziehen kann. Großartig, aufwühlend, bewegend.«
THE NEW YORK TIMES

»Äußerst spannend und voller Gespür für die Magie des Augenblicks«
FIT FOR FUN

Zeit der Gefühle
01/13032

Sommerschwestern
01/13113

Zauber der Freiheit
01/13183

01/13183